JN202487

とりこまれる怪談《かいだん》　あなたの本

作　緑川聖司
絵　竹岡美穂

ポプラ ポケット文庫

もくじ

あなたの本　第一部

いつもはあまり人気《ひとけ》のない境内《けいだい》が、今日はめずらしくたくさんの人でにぎわっていた。気もちのいい秋風がふく、よく晴れた日曜日。

わたしは同じクラスのさとみと、近所の神社で開かれているフリーマーケットに遊びにきていた。

わたしたちが通う中学校のグラウンドよりもひとまわり大きな境内には、たくさんの店がところせましと並《なら》んでいる。

なにかおもしろいものはないかな、と思いながら、ぶらぶらと歩いていたわたしは、参道から少しはなれたところに奇妙《きみょう》な店を見つけて、足をむけた。

〈ひとかけ屋〉

青いシートの隅《すみ》に、ダンボールの切れ端《はし》に太いマジックで店名を書いただけの、簡単《かんたん》な看板《かんばん》が置いてある。

どうやら、お店の人は不在《ふざい》みたいだ。

よく見ると、シートの上にならんでいるのは、役に立たなそうながらくたばかりだった。

一番手前に置いてあるのは、とっ手の欠けたカップで、そのとなりには首のとれたフランス人形が横たわっている。

懐中時計《かいちゅうどけい》はよく見ると針《はり》がないし、おもちゃのピアノは〈ド〉の鍵盤《けんばん》がぬけていた。

わたしはしゃがみこんで、かわいらしい金魚の絵柄《えがら》の風鈴《ふうりん》を手にとった。

だけど、中のガラス棒《ぼう》がはずされているらしく、軽く左右にゆらしても、音はならなかった。

店の名前の通り、たしかになにかが欠けているものばかりだな、と思っていると、

「いらっしゃい」

とつぜん、すぐうしろから声をかけられて、わたしは風鈴を落としそうになった。

砂利《じゃり》の上を、音も立てずに歩いてきたのは、背《せ》の高い和服姿《わふくすがた》の男の人だった。

見た目は大学生のようにも見えるけど、そのおちついた雰囲気《ふんいき》は、もっと年上のようにも感じられる。

なんだか、とらえどころのない人だった。

「なにかおさがしですか？」

男の人はやさしい声でいった。

「え、えっと……」

わたしが返事にこまっていると、

「美緒《みお》、ここにいたんだ」

別の店で買ったネコのイヤリングを耳につけて、さとみがわたしの腕《うで》にだきついてきた。

「〈ひとかけ屋〉？　へーえ、変わった店だね。あれ？　これって不良品じゃないんですか？」

さとみは受話器のない黒電話を手にとって、男の人を見上げた。

そのストレートな物言いに、男の人は気を悪くした様子もなく、笑い声をあげた。

「ふつうの人にはそう見えるかもしれないけど、それでいいんだよ。ここは、なにかが欠けているものを売っている店だからね」

「ふーん、だから〈ひとかけ屋〉なんだ」

さとみは電話をひっくりかえして、おどろきの声をあげた。

「え？　五十円？」

たしかに、裏《うら》にはられた値札《ねふだ》には五十円と書かれている。

ほかの商品を見ると、十円のものから、なんと百万円の値札がついたものまであった。

ちなみに百万円は弓矢を手にしたからくり人形で、人形の心臓《しんぞう》部分にあたるぜんまいが、ひとつ欠けているらしい。

「こんなの、買う人がいるんですか？」

さとみの問いに、

「もちろん」

男の人は自信満々《じしんまんまん》にうなずいた。

「ここは、ものを売ってるだけじゃないからね。みなさん、品物と一緒《いっしょ》に、物語を買っていかれるんだよ」

「物語？」

わたしはききかえした。

「うん。うちの店の商品はすべて、なにかが欠けている代わりに、それをおぎなうための物語がついているんだ」

「それじゃあ、この人形にもなにか物語があるんですか？」

わたしが百万円のからくり人形を指さすと、男の人はにやりと笑ってうなずいた。

「もちろん。ききたいかい？」

わたしたちがうなずくと、男の人はたんたんとした口調で話しだした。

からくり人形

いまから数百年前の、江戸《えど》時代の話。

ある城下町《じょうかまち》に、たいそう腕《うで》のいい人形師《にんぎょうし》がおりました。

彼《かれ》がつくるからくり人形は、まるで生きているように動くことから、人形づくりの神さまとよばれていました。

その彼が、あるとき、最高傑作《けっさく》といわれる人形をつくりました。

その人形は、背中《せなか》の矢筒《やづつ》から自分で弓に矢をつがえて、一メートルほどはなれたところにある的を射《い》るのですが、なんと本当に矢がとんで、しかも百発百中で的のまん中に命中するのです。

人形の妙技《みょうぎ》を一目《ひとめ》見ようと、人形師のところには、毎日多くの人がおとずれました。

そんなある日、人形の噂《うわさ》をききつけた、町で一番の商人が、その人形を売ってほしいと申し出ました。

しかし、じつはその商人は大変評判《ひょうばん》の悪い男で、あくどい商売をすることで有名だったのです。

商人にだまされた人の中には、破産《はさん》して家を売ったり、首をくくった者もおりました。

そのことを知っていた人形師《にんぎょうし》は、かわいい人形をそんな男の手にわたすわけにはいかないと、商人の依頼《いらい》をことわりました。

ところが、おこった商人は、人形師をだまして借金をおわせると、人形師のもつすべての人形を借金のかたにうばってしまったのです。

人形師は、弓射《う》ち人形の仕上げに一日だけ時間をほしいというと、翌日《よくじつ》、人形を商人にわたして、自分の命をたってしまいました。

町の人たちはなげき悲しみましたが、商人は気にする様子も見せず、店をたずねる客に弓射ち人形を見せては自慢《じまん》しておりました。

すると、人形の評判をきいた殿《との》さまが、商人に人形を見せるよう命じました。

殿さまの覚えがよくなれば、自分の商売の得にもなります。商人はよろこんで人形を手にお城《しろ》にいきました。

大広間に通されると、左右にずらりとならぶ家臣たちの前で、商人は人形を箱からとりだしました。

そのりりしい顔立ちとたたずまいに、

「ほほぉ……」

殿《との》さまの口から、感嘆《かんたん》の声がもれます。

「美しいな。それが世にもめずらしい弓射《う》ち人形か」

「さようでございます」

商人は頭を深く下げると、

「いまからごらんにいれますのは、わたしが腕《うで》のいい人形師《にんぎょうし》に命じてつくらせた、この世にふたつとない人形の妙技《みょうぎ》……」

自分勝手な口上をならべたてながら、準備《じゅんび》をすすめます。

昔のことですから、もちろん電池もモーターもありません。

商人は人形のぜんまいをまわすと、一歩下がりました。

人形が右手を背中《せなか》にまわして、矢筒《やづつ》から矢をとりだすと、左手の弓につがえます。

それを見た家臣たちから、

「おお……」

「これはすごい」

と、感心の声があがります。

人形はさらに、左手を的にむかってぴんとのばすと、右手でぎりぎりと矢を引きました。

生きているようにしか見えない、その自然な動きに、殿《との》さまも身をのりだして、顔をぐいっと近づけます。

そして、いままさに的を射《い》ようとしたその瞬間《しゅんかん》、人形はとつぜんくるりとふりかえると、殿さまにむかって矢をとばしたのです。

矢はシュッと空気をきって、殿さまのおでこにコツリとあたりました。

あっけにとられた殿さまは、次の瞬間、顔をまっ赤にして、お城《しろ》がふるえるほどのどなり声をあげました。

「これはどういうことだぁぁっ！」

商人はまっ青な顔で、畳《たたみ》に頭をこすりつけて弁解《べんかい》しました。

「い、いえ……これはその……わたしはけして……」

しかし、人形のやったこととはいえ、殿《との》さまに矢を射《い》って、ゆるされるわけがありません。

おこった殿さまに、商人はその場で首をはねられてしまいました。

血しぶきをあげながら、商人の首が人形の足元にころがります。

すると、人形の口元から、
カカッ
と音がもれました。

殿《との》さまや家臣たちが、なにごとかと顔をむけると、人形はとつぜん、はじかれたように大きくのけぞって、

カカカカカカカカカカッ！

大きな笑い声をたてたかと思うと、ガシャッとその場に弓を落としました。

その後、お城《しろ》では殿さまが病気になったり、家臣が事故《じこ》で亡《な》くなったりと、よくないことがつづきました。

これは人形の呪《のろ》いではないかと、家臣たちが人形を処分《しょぶん》しようとしたのですが、こわそうとしてもこわれず、火に投げこんでも燃《も》えません。

そこで、高名なお坊《ぼう》さんがお経《きょう》をとなえながら、人形の心臓《しんぞう》にあたるぜんまいをはずす

ことで、ようやく呪《のろ》いがやんだということです。

了

「そんなわけで、この人形には心臓《しんぞう》にあたるぜんまいが欠けているんだよ」

「そのぜんまいは、いまはどこにあるんですか？」

わたしがたずねると、

「あるお寺に、厳重《げんじゅう》に封《ふう》じられているそうだよ」

男の人は、なんでもないことのように笑顔でこたえた。

「それじゃあ、これは？」

さとみは、さっきわたしが手にしていた風鈴《ふうりん》を指さした。二百円の値札《ねふだ》がついている。

「これは、あるおばあさんが大切にしていたんだけどね――」

男の人は、風鈴《ふうりん》を手にとって話し始めた。

風鈴の音

お葬式《そうしき》を終えて、家に帰ってきた遺族《いぞく》たちは、悲しみにつつまれていた。

亡《な》くなったのは、この家でむすこ家族と一緒《いっしょ》にくらしていたおばあさんだった。

むすこ家族が旅行にいった夜、押《お》し入り強盗《ごうとう》におそわれて、殺されてしまったのだ。

「いい人だったのに、なんでこんな目に……」

お葬式を手伝ってくれた親戚《しんせき》のおばさんが、ハンカチで涙《なみだ》をおさえる。

「ほんとは、一緒に旅行にいく予定だったんです」

むすこがおばさんの前でくちびるをかみしめた。

「それが、前の日に腰《こし》をいためてしまって……心配だったから、旅行をやめようかといったんですけど、楽しみにしてたんだから、いっておいでと……」

そのとき、チリン、と風鈴《ふうりん》がなった。

見上げると、部屋とろう下の間の鴨居《かもい》につるしてあった風鈴がゆれている。

おばあさんが十年前に亡《な》くなったおじいさんと、最後に旅行にいったときに買ってきて、とても大事にしていたもので、一年中しまわずにつるしてあった。

だけど、庭に面したガラス戸は、いまはしまっている。

風もないのに、おかしいなと思ってろう下をのぞきこむと、今年大学を卒業したばかりの姉の子ども――むすこから見たら甥《おい》にあたる男性《だんせい》のうしろ姿《すがた》がわずかに見えた。

頭があたったのかもしれないな――そう思って、しばらく思い出話をしていると、また風鈴がチリンとなった。

顔をあげると、今度も甥が通りすぎるところだった。

それからも、どういうわけか風もないのに、甥が通るときだけ、まるでそれを知らせるように風鈴《ふうりん》が音をならす。

不思議に思ったむすこは、甥《おい》をよんで風鈴の下に立たせてみた。すると、
チリンチリンチリンチリン！

風鈴が、まるで台風の中にほうりこまれたような勢《いきお》いで、はげしくなりだした。

みんながあっけにとられる中、

「ごめんなさいごめんなさいごめんなさいごめんなさい！」

甥がその場にしゃがみこんで、頭をかかえながら、大声で泣きだした。

ようやくおちついた甥をといつめると、おばあさんが殺された夜、家族全員が旅行でいなくなると思って、家に盗《ぬす》みに入ったことを白状《はくじょう》した。

甥《おい》は大学のときにギャンブルに手をだして、かなりの額《がく》の借金をつくっていたらしい。ところが、お金をぬすもうとしているところを、るす番をしていたおばあさんに見つかって、思わずつきとばしてしまったのだ。

おばあさんの死体を前に、甥がぼうぜんとしていると、

チリンチリンチリンチリン！


まるで非常《ひじょう》ベルのように、風鈴《ふうりん》がはげしくなりだした。

おどろいた甥は、そのままなにもとらずに立ち去った。

ところが、この家にくると、風鈴のそばを通るたび、風もないのに、チリン、となる。

それがまるで、おばあさんによびとめられてるみたいで、ずっとびくびくしていたのだそうだ。

告白をきいた家族が警察《けいさつ》をよんで、甥がつれられていくと、風鈴がひときわ高く、

チリ――――ン……

と音をひびかせた。

了

「その後、風もないのに、ときおりチリンとなる風鈴《ふうりん》が怖《こわ》くなって、家族は中のガラス棒《ぼう》をはずしたんだ」

男の人はそういって、風鈴をシートの上にもどした。

「それでも、いつなるかと思うと、どうしてもおちつかなくて、風鈴はお寺にあずけられた。ところが、お寺でもいろいろとあったらしくて、結局うちにまわってきたんだよ」

お寺でいろいろってなんだろう、と思うと、ちょっとゾクッとして、わたしは風鈴から目をそらした。

すると、一冊《さつ》の本が目に入った。

濃《こ》いえんじ色の表紙はボロボロで、ずいぶん古い本みたいだけど、一見、なにかが欠けているようには見えなかった。

「これは、なにが欠けてるんですか？」

わたしは本を指さした。

「中のページとか？」

「いやいや、ページはちゃんとそろってるよ。この本には、主人公が欠けてるんだ」

男の人はにっこり笑って、本をわたしにさしだした。

「これは『あなたの本』だからね」

「え？　わたしの本？」

「そうじゃなくて、『あなたの本』」

なんだか会話がかみあわないな、と思ってよく見ると、表紙にえんじをさらに濃くしたような暗い色で『あなたの本』と大きく書いてある。

なんだ、タイトルだったのか、と思って中身を読もうとすると、白い小さな紙テープで封《ふう》がしてあった。

顔をあげると、男の人はまたにっこり笑っていった。

「これはひとりで読むものですから、興味《きょうみ》があれば、どうぞご購入《こうにゅう》ください」

値札《ねふだ》を見たら百円だったので、わたしはだまされたと思って、買ってみることにした。

わたしは本を、さとみは「やっぱりかわいいから」とあやしげな風鈴《ふうりん》を買って、わたしたちは家路についた。


家に帰ると、わたしはさっそく自分の部屋で机《つくえ》にむかって、白い紙をていねいにはがした。

表紙をめくると、一ページ目のまん中には、太い字体でこう書いてあった。

「これは、あなたの本です」

なんだか本に直接《ちょくせつ》語りかけられてるみたいだな、と思いながら、さらにページをめくると、本文が始まった。


「あなたはいま、一冊《さつ》の本を手にして、机《つくえ》にむかっています。

本のタイトルは『あなたの本』。

あなたは表紙を開きました。すると、はじめのページには――」


読み始めて、わたしはちょっとおどろいた。

この本は、どうやら二人称《ににんしょう》で書かれているみたいだ。

本というのはたいてい、一人称か三人称で書かれている。

「ぼくは――」とか「わたしは――」と、自分が主人公になる書き方が一人称で、「彼《かれ》は

――」とか「さとみは――」と、第三者の視点《してん》で書かれたものが三人称《にんしょう》。

そして、「あなたが――」と、相手によびかけるのが二人称なんだけど、知識《ちしき》としては知っていても、いままでじっさいに読んだことはなかった。

なんだか新鮮《しんせん》でおもしろいな、と思いながら、わたしは読みすすめた。


「あなたはいま、一冊《さつ》の本を手にして、机《つくえ》にむかっています。

本のタイトルは『あなたの本』。

あなたは表紙を開きました。すると、は

じめのページには、こう書いてありました。

これは、あなたの本です。

(二人称《ににんしょう》なんて、なんだか新鮮《しんせん》でおもしろいな)

そんなことを思いながら、あなたはさらにページをめくりました。」

わたしは背《せ》すじがぞわぞわするような感覚をおぼえた。

まるで、本に自分の心の中を見られているみたいだ。

だけど、考えてみれば、本は机《つくえ》にむかって読むことが多いし、二人称にはほとんどの人が「新鮮でおもしろい」と思うだろう。

だから、書かれていることがあたったからといって、おどろくほどのことではないのかもしれない。

気をとりなおして読み始めると、この本はどうやら短編集《たんぺんしゅう》のようだった。

鬼子母神《きしもじん》

これは、あなたがまだお母さんのおなかの中にいたときの話です。

ある寒い冬の日のこと。

あなたのお父さんが出張《しゅっちょう》で、しばらく家をあけることになったので、お母さんは実家に帰ることにしました。

お母さんの実家は、家から電車で三時間ほどのところにあります。

ところが、家を出発したときには晴れていた空が、電車に乗っている間にだんだんくもってきて、あっというまに大雪になりました。

そして、実家まであと少しのところで、電車が止まってしまったのです。

雪がひどいため、むかえにきてもらうこともできず、お母さんは途中下車《とちゅうげしゃ》して、近くの宿に泊《と》まることにしました。

電車がとまった駅は、観光地の大きな駅ではなかったので、泊《と》まれるようなところはありませんでした。

それでも、駅で紹介《しょうかい》してもらって、なんとか近くの小さな旅館に部屋をとることができました。

駅前で夕食をすませてきたお母さんは、宿について荷物をおろすと、妊娠《にんしん》中でもだいじょうぶなことをたしかめて、さっそくおふろに入りました。

広々《ひろびろ》とした大浴場であたたまっていると、湯気のむこうから人かげが近づいてきます。

それは、お母さんと同じくらいの年齢《ねんれい》の、髪《かみ》の長い女性《じょせい》でした。

女性はお母さんに、

「もしかして、妊娠されてるんですか？」

とたずねました。

「そうなんです。予定日は四月なんですけど……」

お母さんがおなかをなでながらこたえると、

「それは楽しみですね。そういえば、この旅館の裏《うら》にあるお寺では、鬼子母神《きしもじん》をまつってあるそうですよ」

女性《じょせい》はそういってほほえみました。

「鬼子母神?」

「ええ。ごぞんじないですか?」

お母さんがわずかに首をかしげると、女性はお湯を肩《かた》にかけながら語りだしました。

昔々《むかしむかし》の話。あるところに、五百人の子をもつ母親がいました。

ところが彼女《かのじょ》は、自分の子どもを育てるために、人間の子をとらえては食べていたため、人間たちにおそれられていたのです。

それを見かねたお釈迦《しゃか》さまが、五百人の子どものうち、ひとりをかくしました。

すると、彼女はなげき悲しんで、必死になってさがしまわりました。

それを見ていたお釈迦さまが、

「五百人いる子どものうちのひとりが見えなくなっただけで、それだけ悲しいのだ。ただひとりの子どもをもつ母親が、その子を失ったら、どれだけの悲しみかわかるか」とさとすと、彼女《かのじょ》は深く反省して心を入れかえ、子育てと安産の神さまになったということです。

「それじゃあ、鬼子母神《きしもじん》は安産の神さまなんですね」

お母さんがほほえむと、

「でも、怖《こわ》いと思いませんか？」

女性《じょせい》は目をほそめて、低い声でいいました。

「だって、心を入れかえるまでは、人間の子どもを食べていたわけですから」

もし、神さまになりそこねていたら、彼女はいつまでも子どもを食べていたのかもしれませんね——彼女の言葉と、そのつめたい声色に、急に寒気がしてきたお母さんは、

「お先に失礼します」

そういっておふろからあがると、部屋にもどってねむりにつきました。

その夜、お母さんは胸《むね》が苦しくて目をさましました。

なんだか、胸《むね》の上に重いものがのっているような気がします。

やがて、暗闇《くらやみ》に目がなれてきたお母さんは、声にならない悲鳴をあげました。

体の上に、さっきの女性《じょせい》が馬乗りになっていたのです。しかも、髪《かみ》はみだれ、口からはするどいきばがとびだして、その外見はまるで鬼《おに》のようでした。

お母さんはとっさに、枕元《まくらもと》に置いてあったバッグに手をのばすと、それを思いきりふりまわしました。

バッグの側面が、鬼になった女性の顔を直撃《ちょくげき》します。

相手がひるんだすきに、お母さんは部屋をとびだして、まっ暗なろう下を走りました。


「まて――っ」


きいている者をふるえあがらせるような声をあげながら、女性が追いかけてきます。

お母さんは、ろう下のつきあたりにあるトイレにとびこむと、一番奥《おく》の個室《こしつ》に身をかくしました。
そして、女性がトイレに入ってくる足音に、小さくなってふるえていると、

コンコン、コンコン

入り口のほうから、個室《こしつ》のドアをノックする音がきこえてきました。
つづいて、ギギギギー……とドアをあける音。さらに、

「ここにはいなぁい……」

地の底からわきあがってきたような低い声がきこえたかと思うと、すぐに次のドアをノックする音がきこえてきました。

コンコン、コンコン

ギギギギー……

「ここにもいなぁい……」

コンコン、コンコン

ギギギギー……

「ここにもいなぁい……」

ノックはだんだんと近づいて、ついに自分のところまでやってきました。

コンコン、コンコン……

ギ……

「おや？」

内側からかぎをかけているので、当然ドアはあきません。

すると、女性《じょせい》はすごい力でドアを押《お》し始めました。

ミシミシミシ、とドアが悲鳴をあげます。

かぎのところが、いまにもこわれそうです。

お母さんはとっさにドアを内側からおさえましたが、鬼《おに》の力にはかないません。


バァンッ！


ドアがはじけとぶように開いて、お母さんは奥《おく》の壁《かべ》にたたきつけられました。

ドアの前に立つ女性と、正面から目があいます。

（もうだめだ）

お母さんがバッグを胸《むね》にだいて、身をすくめていると、

「――ここにもいなぁい……」

どういうわけか、女性《じょせい》は残念そうにそういって、立ち去っていきました。ぼうぜんとしていたお母さんが、われにかえって手元を見ると、自分でも気づかないうちに、母からもらった安産のお守りを、バッグの中でしっかりとにぎりしめていたそうです。

朝になって、宿の人にそれとなくたずねると、昨夜は女性のお客さんはあなただけでしたよ、といわれたということでした。

了

読み終わって、わたしはフーッと息をはいた。
はじめは本当に、わたしのお母さんのことを書いてるんじゃないかと思った。

じっさい、うちのお母さんの実家は電車で三時間ぐらいのところにあるし、何年か前に、雪で電車がとまって帰れなくなったこともある。

だけど、作中の出産予定日は四月で、わたしは三月生まれだから、まったく同じというわけではないし……。

とりあえず、つづきを読むことにして、わたしはページをめくった。

手を引くもの

これは、あなたが三歳《さい》のときの話です。

あなたのお母さんのおばあちゃん——つまり、あなたのひいおばあちゃんが、ある日、急にたおれて病院にはこばれました。

知らせをうけたのが真夜中だったので、あなたのお母さんは、翌朝《よくあさ》になってから、あなたをつれて病院へとかけつけました。

お母さんに手を引かれて、入院病棟《びょうとう》へといそぎます。

エレベーターをおりたところで、お母さんが看護師《かんごし》さんに病室の場所をきいていると、どこかで見たことのある人が、ろう下のむこうを歩いているのが目に入りました。

（あれ？　ひいおじいちゃん？）

それは、あなたのひいおじいちゃんによく似ていました。

だけど、おかしいな、とあなたは思いました。

ひいおじいちゃんは、あなたが生まれる前に亡《な》くなっていて、あなたは写真でしかその姿《すがた》を見たことがなかったからです。

それでも、まだおさなかったあなたは深く考えることなく、お母さんからはなれると、ひいおじいちゃんのあとをついていきました。

ひいおじいちゃんは、スタスタとろう下を歩いて、一番奥《おく》の病室に入っていきます。

あなたがあとからついていくと、そこはひいおばあちゃんの病室でした。あなたのおじいちゃんとおばあちゃんが、ベッドのそばに立っています。

「あら、お母さんは?」

おばあちゃんが、あなたに気づいてそういったとき、お母さんが病室に入ってきて、不思議そうにいいました。

「どうして病室の場所がわかったの?」

「あのね……」

あなたが部屋の中を見まわすと、ひいおじいちゃんがベッドのそばで身をかがめて、ひいおばあちゃんの耳元になにかささやいています。

あなたが近づこうとすると、ひいおばあちゃんが目を開いてゆっくりと起き上がり、ひいおじいちゃんに手を引かれて、病室からでていってしまいました。

(ねてなくてもいいのかな……)

あなたがそう思っていると、病室の中が急にあわただしくなって、お医者さんと看護師《かんごし》さんがとびこんできました。

ベッドのほうに顔をむけて、あなたはおどろきました。

ひいおばあちゃんが、ベッドの上で目をとじて横になっていたのです。

（え？　どうして？）

混乱《こんらん》しながらも、あなたは病室をでていったふたりを追いかけました。

（もしかして、ひいおじいちゃんが、ひいおばあちゃんをむかえにきたの？）

ところが、ろう下にでたところで、あなたは恐怖《きょうふ》に目を見開きました。

病室からはなれるにつれて、ひいおじいちゃんの顔や手の表面が、まるでたまごのからみたいにひびわれて、パラパラと落ちていったのです。

その下からあらわれたのは、なにもかものみこんでしまいそうな、まっ黒な人かげでした。

あなたは思わずかけよって、ひいおばあちゃんの手を引っぱると、

「だめっ！」

とさけびました。

その声に、ひいおばあちゃんは、ハッと夢《ゆめ》からさめたような表情《ひょうじょう》になって、にげるように病室へともどっていきました。

同時に、病室の中から、

「意識《いしき》がもどったぞ！」

という声がきこえてきます。

お母さんのところにもどろうとして、ふと足を止めたあなたがふりかえると、黒い人かげが灰色《はいいろ》の目で、あなたをじっとにらんでいました。

了

顔や手の表面がパラパラとはがれ落ちていくところが怖《こわ》くて、わたしはゾッとした。

ひいおじいちゃんの姿《すがた》にばけて、ひいおばあちゃんをつれていこうとした黒い人かげは、いったい何者だったのだろう。

そういえば、わたしのひいおじいちゃんも、わたしが生まれる前に亡《な》くなっていたな、と思っていると、

「ごはんよー」

一階のリビングから、お母さんの声がきこえてきた。

「はーい」

わたしは本をとじて、階段《かいだん》をおりた。

お父さんは帰りがおそいので、お母さんとふたりの食卓《しょくたく》だ。

テレビを見ながらカレーを食べていると、ちょうど旅番組でタレントが、鬼子母神《きしもじん》をおまいりしている場面がでてきた。

「これって、安産の神さまなんだよね」

わたしがふと口にすると、

「よく知ってるわね」

お母さんは目をまるくして、

「そういえば、昔、まだあなたが生まれる前に、こんなことがあったのよ」

そう前置きをすると、自分の昔の体験を話してくれた。

おどろいたことに、それはわたしがいま読んだばかりの話と、まったく同じ内容《ないよう》だった。

「――それでね、実家から帰るときに、むかえにきてくれたお父さんと一緒《いっしょ》に、旅館の裏《うら》の鬼子母神《きしもじん》さまにおまいりしたのよ」

そのときに買ったお守りは、いまも大事にとってあるのだそうだ。

「まあ、いまから思えば、夢《ゆめ》でも見たんでしょうけどね」

ふふっと笑うお母さんに、途中《とちゅう》からおどろきで言葉を失っていたわたしは、ドキドキしながらきいた。

「ねえ……わたしって、予定日よりも早く生まれたの？」

「あら、よく知ってるわね。お父さんにきいたの？」

お母さんはちょっとだけ目を見開いた。

「予定は四月だったんだけど、三月に生まれたから、いろいろと大変だったのよ」

なつかしそうにほほえむお母さんのむかいで、カレーをスプーンですくいながら、わたしは鳥肌《とりはだ》のたった腕《うで》をそっとさすった。

ご飯を食べて、おふろからでたところに、さとみから電話がかかってきた。

「ねえ、きいてよ」

さとみによると、さっきからずっと、ひとかけ屋で買ってきた風鈴《ふうりん》がなりつづけているらしい。

たしかに電話のむこうから、チリンチリンとすずしげな音がきこえてくる。

「中がからっぽなのに?」

わたしはまたゾッとしたけど、さとみの話をきいて拍子《ひょうし》ぬけした。

帰ってから、家にあった風鈴のガラス棒《ぼう》をはずして、つけかえたのだそうだ。

「だったら、なるのはあたりまえじゃない」

「でも、家の中で風もないのに、やたらとなるのよ」

「気づかないだけで、風がふいてるのよ、きっと」

「ちがうってば。なんにもないのになってるの」

「とりあえず、棒《ぼう》をはずしたらいいんじゃない？」

わたしがそういうと、

「でも……」

さとみはなぜか、ためらうような反応《はんのう》を見せた。

「でも……どうしたの？」

「もしはずしても音がなったりしたら……よけいに怖《こわ》くない？」

たしかに、そうなると理由のつけようがない。

一瞬《いっしゅん》言葉につまってから、わたしはこたえた。

「――だったら、毛布《もうふ》かなんかかぶせちゃえば？」

結局、本のことを相談しそびれたまま、電話をきって部屋にもどった。

自分もこのまま毛布をかぶせてしまいたかったけど、この先どうなるのかも気になる。

わたしは机《つくえ》にむかうと、深呼吸《しんこきゅう》してから本を開いた。

お葬式《そうしき》

あなたが病院にいったあと、ひいおばあちゃんは、一度は元気になって退院《たいいん》しましたが、半年後、ふたたび入院して、そのまま帰らぬ人となりました。

亡《な》くなったときのひいおばあちゃんは、とてもおだやかな表情《ひょうじょう》をしていたそうです。

そのお葬式の準備《じゅんび》をしていたときの話です。

ひいおばあちゃんのお葬式は、近くのお寺でおこなわれることになりました。

大人たちは、黒い服を着て、なんだかいそがしそうに動きまわっています。

だけど、あなたはまだ小さかったので、やることもなく、退屈《たいくつ》でした。

しかたなく、お寺の庭のすみっこで、きれいな小石をひろっていると、

「おじょうちゃん」

まっ白なワンピースを着た、髪《かみ》の長い女の人が、お寺の門のところであなたにむかって

手をふりながら、声をかけてきました。

「なあに?」

あなたがかけよると、女の人はいいました。

「一緒《いっしょ》に遊びましょ」

「え、でも……」

あなたは本堂をふりかえりました。

お母さんに、知らない人についていってはいけません、といわれていたからです。

「だいじょうぶよ」

あなたの心を読んだように、女の人はにっこり笑っていいました。

「あなたのお母さんからお願いされたの。一緒に遊んであげてねって」

「ほんと?」

あなたはよろこびました。

だったら、知らない人ではありません。

「いいところにつれていってあげる」

女の人にそういわれて、あなたはお寺の門をくぐると、あとをついていきました。

お寺の前はなだらかな坂道になっていて、まわりは田んぼにかこまれています。

きれいな石は落ちていないかと、足元を見ながら歩いていたあなたは、女の人の姿《すがた》が見えなくなっていることに気がついて、足を止めました。

いつのまにか、見たことのない田んぼのあぜ道を歩いています。

すぐ目の前には川が流れていて、川にかかった小さな橋のむこうで、女の人が手まねきをしていました。

あなたはなんだか、急に怖《こわ》くなってきました。

小川をわたってしまうと、お寺からはなれすぎてしまうような気がしたのです。

だけど、知らない場所でひとりぼっちになるのもいやです。

まよった末、あなたが橋にむかって足をふみだそうとしたとき、

「なにしてるんだっ！」

はげしい大声とともに、強い力で腕《うで》をつかまれて、うしろに引きもどされました。

次の瞬間《しゅんかん》、あなたの目の前を、

ゴ――――

轟音《ごうおん》をたてながら、大型のトラックが通りすぎていきます。

「え？　え？」

わけがわからずに、あなたが混乱《こんらん》していると、

「どうしてこんなところにいるんだ！」

おじいちゃんが、あなたの腕をつかんだままきいてきました。

「だって、おねえちゃんが……」

あなたが指さすと、片側《かたがわ》二車線の大きな道路のむこう側で、女の人がいやそうな顔をして、そのままフッと消えてしまいました。

おじいちゃんの話によると、いつの間にかいなくなったあなたをさがしていたところ、赤信号の横断《おうだん》歩道《ほどう》をふらふらとわたろうとしていたので、あわてて腕《うで》をつかんだということでした。

了

わたしはページをめくる手を止めて、記憶《きおく》をさぐった。

たしか、ひいおばあちゃんが亡《な》くなったのは、わたしが四歳《さい》になる前のことだった。

そして、そのお葬式《そうしき》のとき、おじいちゃんにすごくおこられた記憶がある。

もしかして、病室でひいおじいちゃんにばけていた黒い人かげは死神みたいなもので、わたしにじゃまされたうらみから、ひいおばあちゃんのお葬式のときにわたしをつれていこうとしたのかも……。

そこまで考えて、怖《こわ》くなってきたわたしは、本を引きだしにしまってねることにした。


次の日。

さとみはなにか事情《じじょう》があるらしく、朝から学校を休んでいた。

そして、お昼休みの終わりぎわにようやく登校してきたかと思うと、興奮《こうふん》した口調で話しかけてきた。

「美緒《みお》、きいて」

「どうしたの？」

「昨日、強盗《ごうとう》が入ってきたの」

「強盗？」

さとみの話をきいて、わたしはおどろいた。

昨日の夜中、毛布《もうふ》をかぶせていたはずの風鈴《ふうりん》が、とつぜんはげしくなりだして、同時にリビングから大きな物音がきこえてきた。

びっくりした家の人がとびおきて見にいくと、見知らぬ男がころんで頭をうったらしく、リビングの床《ゆか》にたおれていたのだそうだ。

「あとからわかったんだけど、そいつ、強盗《ごうとう》だったの」

凶器《きょうき》を手に、家の人をおどして、銀行の暗証《あんしょう》番号なんかをききだそうとしていたらしい。

ところが、風鈴《ふうりん》の音におどろいて足をすべらせ、ころんで頭をうったのだろう、ということだった。

「警察《けいさつ》の人は『風鈴にびっくりするなんて、気の小さい男でよかったですね』っていってたけど、あれだけはげしくなったら、だれでもびっくりすると思うよ。まるで非常《ひじょう》ベルだったもん」

さらに警察からきいた話によると、強盗は夕方から——つまり、風鈴がなりだしたころから、家のまわりを下見のためにうろついていたらしい。

「あの風鈴って、本当に悪い人に反応《はんのう》するのかも」

さとみの話をきいているうちに、わたしはだんだん不安になってきた。

風鈴《ふうりん》がふつうじゃない力をもっているのなら、あの本も……。

「あのさあ……」

わたしが話をきりだそうとしたとき、

「遠藤《えんどう》、いるか？」

「はーい」

先生によびだされて、さとみは教室をでていった。

その後も、さとみは午後の授業《じゅぎょう》が終わるとすぐに帰ってしまったので、結局なにも相談できないいまま、わたしは家に帰った。

部屋に入って、引きだしから本をとりだすと、わたしはなるべく中身を読まないようにしながら本を調べた。

だけど、タイトル以外、作者の名前も出版社《しゅっぱんしゃ》ものっていない。

どうしようかとまよったけど、とりあえず、もう少し読んでみることにした。

もっと最近の話がのっていれば、記憶《きおく》もはっきりのこっているだろうから、これが本当にわたしのことを書いている本かどうか、はっきりするはずだ。

ドライブ

これは大学生のN《エヌ》くんの身に、本当におこった話です。
Nくんは、大学に入ると、すぐに車の免許《めんきょ》をとりました。
そして、初めての夏休みに、彼女《かのじょ》をさそってドライブにでかけたのです。

でだしを読んで、わたしは少しホッとした。
このままわたしの幼稚園《ようちえん》時代の話がはじまったら、どうしようと思っていたのだ。

N《エヌ》くんと彼女《かのじょ》は、片道《かたみち》一時間ほどのところにある、A峡《エーきょう》とよばれるデートスポットにむかいました。

デートを楽しんだ、帰り道のこと。

カーブの多い山道をぬけて、Nくんが速度をあげようとアクセルをふみこんだとき、とつぜん目の前に、黄色い目をしたまっ黒なネコがあらわれました。

「うわっ！」

Nくんはとっさにブレーキをふんで、ハンドルをきりましたが、スピードがでていたため、よけきれずに黒ネコをはねとばしてしまいました。

Nくんが路肩《ろかた》に車をとめると、

「どうしたの？」

助手席でうとうとしていた彼女が、体を起こしてききました。

Nくんがバックミラーを見ると、血だらけの黒ネコが、よろけながら起きあがろうとしています。

「もしかして、なにかひいたの？」

真剣《しんけん》な顔でといつめる彼女《かのじょ》に、

「なんでもない。ちょっと、夕陽が目に入っただけだよ」

N《エヌ》くんはひきつった笑顔をうかべると、ふたたび走りだしました。

ミラーの中で、黒ネコがパタリとたおれながら、こっちをじっと見つめています。

（だいじょうぶ。だれも見てなかった……）

Nくんは運転しながら、自分にいいきかせました。

（それに、もどっても、たぶんもう助からない。しかたないんだ……）

身勝手な言いわけを頭の中でくりかえしていると、

「ねえ……なにかにおわない？」

彼女が顔をしかめていいました。

たしかに、さっきからおかしなにおいがただよっています。

まるで、動物が車の中にいるような……。

「そう？　なにもにおわないけど」

Ｎ《エヌ》くんは気づかないふりをして、また無理に笑顔をつくりました。

しばらく走ったところにコンビニがあったので、空気の入れかえと休憩《きゅうけい》のために、Ｎくんは車をとめました。

コーヒーを買って、彼女《かのじょ》と一緒《いっしょ》に車にもどろうとしたＮくんは、店をでたところで足を止めました。

駐車場《ちゅうしゃじょう》にとめてあった自分の車を、びっしりとうめつくすようにして、ネコたちがむらがっていたのです。

ボンネットにも屋根の上にも乗っていて、車の姿《すがた》が見えないくらいです。

「うわ――っ！」

Ｎくんは、めちゃくちゃなさけび声をあげながら、車にむかって走りだしました。

彼女は、その車の異様《いよう》な状況《じょうきょう》とＮくんの反応《はんのう》におどろいて、その場に立ちつくしています。

N《エヌ》くんの勢《いきお》いに、車にむらがっていたネコたちはちりぢりににげていきましたが、車にはびっしりとネコたちの足跡《あしあと》がついていました。

「だいじょうぶ?」

心配する彼女《かのじょ》に返事もせず、Nくんは車につんであったぞうきんで、ネコたちの足跡をふきとりました。

ところが、運転席の窓《まど》についたふたつの足跡だけが、どうしてもとれません。

「なんで落ちないんだよ」

泣きそうになりながら、ふきつづけるNくんに、彼女が近づいて、そっと声をかけました。

「ねえ……それって、窓の内側からついてるんじゃない?」

つかれきったNくんが、彼女を送りとどけて、なんとか家に帰ると、

「おかえり。お姉ちゃんがきてるわよ」

お母さんが声をかけました。

結婚《けっこん》して、いまは別にくらしているN《エヌ》くんのお姉さんが、幼稚園児《ようちえんじ》のむすめをつれて遊びにきていたのです。

「あ、ちょうどよかった。ご飯ができたから、よんできてくれる?」

食事のしたくを手伝っていたお姉さんにいわれて、Nくんは奥《おく》の和室にむかいました。

小さな背中《せなか》が、部屋のまん中でまるくなっています。

どうやら、お絵《え》描《か》きをしているようです。

「なにを描いてるのかな?」

Nくんはうしろからのぞきこんで、

「ひぃっ……」

と、のどの奥で悲鳴をあげました。

画用紙に描かれていたのは、車が黒ネコをはねている場面だったのです。

黒いネコを、まっ赤なクレヨンでめちゃくちゃにぬりつぶしているその様子に、N《エヌ》くんが声をだせずにいると、

「ねえ」

クレヨンで小さな手をまっ赤にそめながら、あなたがふりかえりました。

「どうしてにげちゃったの？　ネコちゃん、いたいいたいいって泣いてたのに……まだ生きてたんだよ。それなのに……いたいいたいって……いたい……いたい……どうして……」

あなたは立ちあがると、Nくんをにらみつけて、するどい声でいいました。

「どうしてにげた！」

「ひゃあぁぁぁ……」

ふえのようなよわよわしい声をあげながら、頭をかかえてうずくまるN《エヌ》くんを見下ろして、あなたはにっこり笑うと、この世のものとは思えない、低くひびわれた声でいいました。

「ゆるさないよ」

——あなたが四歳《さい》のときのことでした。

了

わたしはもう少しで本をほうりだすところだった。

わたしの話じゃないと思って、すっかり油断《ゆだん》していた。

そういえば、お母さんには弟がふたりいるけど、下の弟は、うちにまったく顔をださない。

たしか、今年ちょうどわたしの年齢《ねんれい》の倍になるはずだから、十四歳差《さい》――つまり、大学に入った年には、わたしは四歳だ。

それじゃあ、やっぱりこの本に書かれている話は、わたしの身に本当にあったことなのだろうか。

まさか、そんな……。

読み続けるのは怖《こわ》いけど、このままやめてしまうのはもっと怖い。

わたしは大きく息をはきだすと、ふるえる手でページをめくった。

自転車の男の子

「つかれたでしょ？　ねててもいいのよ」

助手席のお母さんの言葉に、

「は……ぁぁい……」

五歳《さい》になったばかりのあなたは、後部座席《ざせき》のジュニアシートで、窓《まど》の外をながめながら大きなあくびをした。

今日は日曜日。

朝から家族みんなで遊園地にでかけて、一日中遊んで帰るところだった。

三人を乗せた車は、高速道路を調子よく進んでいる。

窓からは、道路わきの灰色《はいいろ》の壁《かべ》と、くもりはじめた灰色の空しか見えない。

つまんないな、とあなたが思っていると、とつぜん視界《しかい》に、三歳くらいの小さな男の子があらわれた。

おどろいたことに、補助輪《ほじょりん》つきの自転車をこいで、車を追いかけてくる。

男の子は、あなたに気づくと、にっこり笑って手をふった。

あなたはびっくりしたけど、すぐに窓《まど》に顔をよせて手をふりかえした。

「すごいすごい」

「どうしたの？」

あなたの様子に気がついたお母さんが、ふりかえって声をかける。

「お母さん、見て。あの子、すごいよ」

あなたは、はしゃぎながら、窓の外を指さした。

「あの子？」

あなたの指の先を追って、窓の外に目をむけたお母さんは、

「え？」

と声をあげると、みるみるうちにまっ青になって、お父さんになにかささやいた。

お父さんは、不思議そうな顔をしていたけど、お母さんにいわれてチラッと男の子のほ

うをふりかえると、やっぱり青くなって、男の子とは反対側に車線を変更《へんこう》した。

男の子の姿《すがた》が、車の列にさえぎられて、見えなくなっていく。

「あーあ、いなくなっちゃった」

あなたが口をとがらせると、お母さんが、

「怖《こわ》くなかったの?」

ときいてきた。

「どうして?」

「だって、あの男の子、顔が血だらけだったじゃない」

お母さんの目には、頭からダラダラと血を流した男の子が、うらめしそうにこっちをにらみながら自転車をこいでいるように見えたらしい。

帰ってからお父さんが調べると、まだ高速道路ができる前、ちょうどそのあたりで補助《ほじょ》輪《りん》つきの自転車に乗った男の子が車にはねられて亡《な》くなるという事故《じこ》があったということだった。

チャイム

あなたが小学二年生のとき。

あなたが学校から家に帰ってくると、ちょうどお母さんがでかけようとしているところだった。

「ちょっと買いわすれがあったから、スーパーまでいくんだけど、一緒《いっしょ》にいく？」

あなたはまよった末に首をふった。

もうすぐ、大好きなテレビ番組が始まるのだ。

「それじゃあ、すぐに帰ってくるから、おるす番しててね」

「うん、いいよ」

お母さんを見送って、あなたがひとり、リビングでテレビを見ていると、

ピンポーン

玄関《げんかん》のチャイムがなった。

「はーい」

あなたはリビングにあるモニターの通話ボタンを押《お》した。

だけど、画面にはだれもうつってないし、返事もかえってこない。

一応《いちおう》、玄関にチェーンをかけたままでほそくあけてみたけど、家の外にはだれもいなかった。

まちがいだったのかな、と思って、またしばらくテレビを見ていると、

ピンポーン

またチャイムがなった。

だけど、やっぱりモニターにはだれもいない。

これはきっと、だれかがいたずらをしてるんだ——そう思ったあなたは、反対におどかしてやろうと、玄関《げんかん》の前でまちかまえることにした。

そして、次にチャイムがなったときに、すばやくドアをあけた。

ところが、チャイムとほとんど同時にドアをあけたはずなのに、門の前にはやっぱりだれもいなかった。

さすがにおかしいと思ったあなたは、チェーンをはずして家の外にでた。

もしかしたら、チャイムがこわれているのかもしれないと思ったのだ。

門の外にでると、背《せ》のびをして、家のチャイムを押《お》す。

ピンポーン

こわれてるわけじゃないみたいだな……と思って指をはなすと、インターホンのマイクを通して、楽しそうな女の人の声で、

「はーい」

と返事がかえってきた。

了

これはおぼえている。

インターホンのむこうにだれかがいると思うと、家に入るのが怖《こわ》くなって、お母さんが帰ってくるまで、門の前でまっていたのだ。

もちろん、家の中にはだれもいなかったし、お母さんに話しても、気のせいか、テレビの音でもきこえたのだろう、といわれるだけだった。

やっぱりこれは、わたしの本なんだ——わたしは手の中の本をじっと見つめた。

この本には目次がないから、あといくつ話がのっているのかはわからない。

あと一話だけ……わたしはそろそろとページをめくった。

きもだめし

これは、あなたが小学三年生のときの話。

学校の近くにある、ほそい路地を入ったところに、子どもたちから〈お化け屋敷《やしき》〉とよばれている大きな家があった。

そこは広い庭のある一軒家《いっけんや》で、もう何年も人が住んでいないらしく、庭は荒《あ》れ放題、昔は白かったであろう外壁《がいへき》も、カビでまっ黒になっていた。

一学期の終業式。

「ねえ、いまからお化け屋敷にいってみない？」

同じクラスの知美《ともみ》と一緒《いっしょ》に帰っていると、知美がとつぜんそんなことをいいだした。

「えー……」

あなたは正直、いやだな、と思った。

いったことはないけど、お化け屋敷のことは、噂《うわさ》にはきいていた。

草だらけの庭は、虫がいっぱいいそうだし、カビだらけの壁《かべ》も気もち悪い。

だけど、知美《ともみ》はあなたの手をつかんで、

「いいじゃん。ちょっとだけだからさあ……」

強引に、路地の方へ引っぱろうとする。

「しょうがないなあ」

知美がいいだしたらきかないことを知っていたあなたは、しかたなく、少しだけつきあうことにした。


「おじゃましまーす」

こわれた門を押《お》しあけて、知美が庭に足をふみいれる。

あなたはそのうしろから、身をかくすようにしてついていった。

(玄関《げんかん》の鍵《かぎ》がかかっていますように)

あなたは心の中でいのったけど、残念ながら、知美《ともみ》がノブに手をのばすと、ドアはかんたんにあいた。

「おじゃましまーす」

知美が玄関《げんかん》に立って、ふたたびよびかける。

「――返事はないね」

「あったら怖《こわ》いよ」

あなたはびくびくしながらこたえた。

くつのままでろう下にあがると、家の中はいっそうひどく荒《あ》れはてていた。

ガラスはわられているし、ふすまはやぶれ、たたみはひっくりかえされている。

だれかがのこぎりでももちこんだのか、柱には切れ目まで入っていた。

あなたがあちこちを観察していると、一番奥《おく》の部屋までたどりついた知美が、「きゃっ」と短い悲鳴をあげた。

入り口で立ちつくす知美のうしろから、部屋の中をのぞきこむと、そこには大きなテーブルセットが、なにごともなかったように置かれていた。

「どうしたの？」

あなたがきくと、知美《ともみ》はふるえる手でテーブルの上を指さした。

それを見て、あなたも悲鳴をあげた。

テーブルの上には、ジュースとお菓子《かし》がふたり分用意されていたのだ。

もしかしたら、自分たちの前にきもだめしにやってきただれかが、ここで宴会《えんかい》を開いていたのかも……あなたがそんなふうに、自分を納得《なっとく》させようとしていると、カラン、と音がして、ジュースの氷がとけた。

氷？

その意味に気づいて、あなたはまっ青になった。

この家はだれも住んでないから、冷房《れいぼう》も入っていないし、もちろん冷蔵庫《れいぞうこ》もない。

そんな部屋で、たったいまグラスの氷がとけたということは……。

あなたたちが、リビングの入り口でかたまっていると、プルルルル……

とつぜん、部屋のすみにある電話がなりだした。

知美《ともみ》にドン、とつきとばされて、電話台にぶつかったあなたは、反射的《はんしゃ》に受話器をとって耳にあてた。

「でてよ」

するとと、電話のむこうから笑いをふくんだような、明るい声がきこえてきた。

「いらっしゃい。おふたりとも、ゆっくりしていってね」

「きゃ――っ！」

その声に呪縛《じゅばく》がとけたようになって、あなたは部屋からとびだすと、そのままお化け屋《や》敷《しき》をあとにして、路地をいっきにかけぬけた。

広い通りにでたところで、ほかの人たちの姿《すがた》を目にして、ようやく足を止める。

だけど、いくらまっても、知美《ともみ》は追いかけてこなかった。

（いやだなあ……）

できればもどりたくなかったけど、このままほうって帰ったりしたら、次にあったときになにをいわれるかわからない。

あなたはしかたなく、もう一度路地を通りぬけると、お屋敷《やしき》の前までもどってきた。

「ともみー」

いつでもにげだせる準備《じゅんび》をしながら、門の外からよびかけるけど、返事はない。

耳をすませても、家の中からは物音ひとつきこえてこなかった。

きっと、知美も自分のあとからにげだしたけど、ちがう道を通ったから、あわなかったんだ……。

あなたは勝手にそうきめつけると、にげるようにして家に帰った。

次の日から夏休みに入ったけど、あなたは知美《ともみ》と連絡《れんらく》をとろうとしなかったし、知美からも連絡はなかった。

二学期が始まって、ひさしぶりに学校にいくと、同じクラスの友だちから、知美は夏休みの間に遠くに引《ひ》っ越《こ》して、転校していったときかされた。

「へーえ、そうなんだ」

あなたは他人事《ひとごと》のような顔で話をきいた。

結局、一緒《いっしょ》にお化け屋敷《やしき》にいったことは、だれにも話さなかった。

そして、あなたは友だちをすてにげた記憶《きおく》を封印《ふういん》した。

了

パタン

わたしは本をとじると、そのままの姿勢《しせい》で、静かに息をはきだした。

思いだした。

あのあと、知美《ともみ》が引《ひ》っ越《こ》しをしたというのは子どもたちを不安にさせないためのうそで、じつは知美は行方不明になったらしい、という噂《うわさ》が流れたのだ。

知美はわたしのほかにも何人か、お化け屋敷《やしき》にいこうとさそっていたらしく、その子たちからの情報《じょうほう》で、お化け屋敷も捜索《そうさく》したけど、結局見つからなかったらしい。

だけど、わたしは知っている。

知美はあの日、まちがいなくお化け屋敷にいったのだ。

もしかしたら、いまでもあの屋敷の中に……。

コンコン

ノックの音に、わたしはふりかえった。

「電話よ」

お母さんが顔をだす。

「だれから?」

「小学校の同級生で、村崎《むらさき》さんっていってるけど……」

小学校の同級生という言葉に、一瞬《いっしゅん》ビクッとしたけど、わたしはすぐに胸《むね》をなでおろした。

知美《ともみ》の名字は、たしか篠原《しのはら》だったはずだ。

村崎さんってだれだろう、と思いながら電話にでると、

「ひさしぶりね、美緒《みお》」

きき覚えのある女の子の声が、受話器のむこうからきこえてきた。

その声に、一気に記憶《きおく》がよみがえる。

「おぼえてる?」

そうだ。あのお化け屋敷《やしき》の門にかかっていた表札の名前が、たしか村崎だったような

……。

「ねえ、思いだしたんでしょ？」

笑いをふくんだ声がきこえてくる。

わたしは言葉がでなかった。

「よかったら、いまから遊びにこない？」

声のうしろで、カランと氷のとける音がする。

「ジュースもあるよ」

思わず受話器を放りだしてあとずさると、背中《せなか》がだれかにぶつかった。

「きゃあっ！」

悲鳴をあげてふりかえると、お母さんがびっくりした顔で立っていた。

「どうしたの？」

「……なんでもない」

わたしは首をふった。

おそるおそる受話器を手にとると、通話は切れていた。

本格的《ほんかくてき》に怖《こわ》くなってきたわたしは、部屋にもどって本を引きだしの奥《おく》にしまうと、電気をつけたままねむりについた。

翌日《よくじつ》。

「だいじょうぶ？　なんか元気ないよ」

心配して声をかけてくれたさとみに、わたしは思いきって、本を買ってから昨夜までに起こったことをすべて話した。

フリーマーケットで買ってきた本に、自分の過去《かこ》が書かれてるなんて、ふつうなら信じられないような話だけど、同じような体験をしているさとみなら信じてくれると思ったのだ。

さとみは真剣《しんけん》な顔でわたしの話をきいていたけど、

「うーん……」

としばらく考えてから、

「たとえば、美緒《みお》がその本を前に読んだことがあって、そのことをわすれてるっていう可《か》能性《のうせい》はない？」

といった。

「ないと思う。それに、それだけじゃ説明がつかないことが多すぎるの」

わたしは首をふった。

じつはわたしも、その可能性は考えていた。

登場人物の年齢《ねんれい》が自分と近くて、しかも二人称《ににんしょう》という特殊《とくしゅ》な本なので、過去《かこ》にこの本を読んだことがあって、自分の体験と思いこんで混乱《こんらん》しているのかもしれないと思ったのだ。

だけど、それだと鬼子母神《きしもじん》の話をお母さんが知っていたことや、叔父《おじ》さんの年齢がいっちしていること、昨日の電話のことなんかの説明がつかない。

わたしがそういうと、さとみはまた少し考えてから、

「今日、ちょうど家庭教師《かていきょうし》の日だから、先生に相談してみようか？」

といった。

「先生？」

そういえば、さとみは遠縁《とおえん》の大学生に家庭教師《かていきょうし》をしてもらっているといっていた。

「先生は、大学で怪談《かいだん》とか都市伝説とか、不思議な話の研究をしてるらしいから、似《に》たような話を知らないかきいてみるよ」

さとみにお願いして家に帰ると、わたしは机の引きだしから本を取りだした。

本当は、もうこれ以上読まないほうがいいのかもしれないけど、さとみの先生に相談するなら、情報《じょうほう》は多いほうがいいだろう。

怖《こわ》くなったらすぐにやめることにして、わたしは本を開いた。

わたりろう下

「思ったよりきれいでよかったね」

となりで旅館を見上げる小夜子《さよこ》の言葉に、あなたは「そうだね」とうなずいた。

六年生の一学期。

三泊四日の修学旅行《しゅうがくりょこう》の、今日は最終日だった。

一泊目と二泊目は、観光地の中心部にある大きなホテルに泊《と》まったんだけど、三泊《ぱく》目は少し山奥《やまおく》の旅館ときいて、あなたたちは、

「ボロボロの旅館だったらどうしよう」

と、バスの中で話していたのだ。

ところが、到着《とうちゃく》した旅館は大きくてきれいで、しかも自然ゆたかなところにあって、昨日までのホテルよりも気もちがよさそうだった。

あなたたちが、部屋で荷物の整理をしていると、

「ねえ、ここってなにかでそうじゃない？」

同じ部屋の美空《みそら》が、わくわくした様子で話しかけてきた。

美空はオカルトとか、怖《こわ》い話が大好きで、なんでもそういう話にむすびつけるくせがある。

「そう？　新しそうだけど」

小夜子《さよこ》が反論《はんろん》すると、

「でも、何回か建てましししてるっぽいよ」

美空はそういって、館内見取り図をもってきた。非常口《ひじょうぐち》の場所を確認《かくにん》するために、各部屋にそなえつけられているものだ。

「わたしたちがいまいるのが本館でしょ？　それから、さっき正面にあったのが新館で、それから、ほら、こっちに別館が……」

美空がつーっと見取り図の上に指をすべらせる。

たしかに、建物がいくつもある上に、その建物自体もL《エル》字形だったり、コの字形だったりと、やたらと角が多い。

「こういうまがり角が多い建物って、あぶないらしいよ」

美空《みそら》がにやにやしながら、意味ありげにいった。

「あぶないって？」

あなたがたずねると、

「人をおそう霊《れい》って、まがるのが苦手なの。だから、霊をよせつけないためには、まがり角をたくさんつくればいいっていう迷信《めいしん》があるんだって」

美空はじまんげに語った。

本当にそんな迷信があるのかはわからないけど、なんだかもっともらしい話だ。

あなたが見取り図を見直していると、

「あ、もうこんな時間。早くいかないと、ご飯におくれちゃうよ」

小夜子《さよこ》が時計を見上げていった。

夕食の会場は別館だった。

山の中腹《ちゅうふく》に建てられた旅館は、ちょっと変わったつくりになっていて、あなたたちの部屋がある本館と別館は、本館の二階から別館の一階へとのびるわたりろう下でつながっていた。

わたりろう下は二十メートルほどの長さがあって、右側の窓《まど》の外には、うす闇《やみ》にしずんだ森が間近にせまっている。

左側の窓からは、旅館の正面にある駐車場《ちゅうしゃじょう》と、その下の山道が見下ろせた。

「ほらね、なんかでそうじゃない？」

美空《みそら》があなたの耳元でささやいた。

たしかにちょっとぶきみだな、と思っていると、前を歩いていた別のクラスの女子たちから、

「きゃあっ！」

という悲鳴があがった。

見ると、四、五人のグループが、円陣《えんじん》を組むみたいに内側をむいて、おたがいの肩《かた》をだいてふるえている。

「どうした！」

先生がかけよると、

「あそこに人が……」

グループの中のひとりが、右側の窓《まど》の外を指さした。

その指の先に目をむけて、あなたも思わず、

「あっ」

と声をあげた。

うす暗がりの森の中、白っぽい人かげが左右にゆれながら、こちらに近づいてくるのが見えたのだ。

しかも、まわりの木々《きぎ》や山肌《やまはだ》は闇《やみ》にとけこもうとしているのに、その人かげだけが、まるで光でも発しているみたいに、はっきりとうかびあがっている。

人かげに気づいたほかの児童《じどう》からも、つづけざまに悲鳴があがった。

「みんな、早く別館にいきなさい」

あなたたちは、先生に追い立てられるようにして、別館にかけこんだ。


夕食を食べている間も、またあのわたりろう下を通ってもどらなきゃいけないのかと思うと気が重かったけど、食事を終えてろう下にむかうと、森側の窓《まど》にはすべて、目かくしに新聞紙がはられていた。

「ガラスにひびが入って危険《きけん》だから、念のため、新聞紙をはってあるんだ」

先生が苦しい言いわけをしていたけど、結局その日のうちに、白い人かげのことは学年全体にひろまっていた。

その日の夜。

就寝時刻《しゅうしんじこく》をすぎて、しばらくすると、

「ねえ、わたりろう下にいってみない？」

美空《みそら》がそんなことをいいだした。

「だめだよ。さっき、だれか見つかってたでしょ」

小夜子《さよこ》がたしなめる。

就寝時刻直前に、ほかのクラスの男子がきもだめしにいこうとして、先生に見つかっておこられていたのだ。

「だから、いまならきっと先生も油断《ゆだん》してるって」

結局、美空に押《お》しきられる形で、あなたと美空、そして小夜子がわたりろう下にいくことになった。

別館には宿泊施設《しゅくはくしせつ》がないらしく、この時間になると、ろう下のむこうはまっ暗だ。

窓《まど》の新聞紙ははられたままになっている。

ひとりずつ順番にいこうということになって、じゃんけんに負けたあなたが、最初にろう下をわたることになった。

「えー……」

いやだなあと思いながらも、早くすませてしまおうと、ろう下を歩きだしたあなたは、半分ほど進んだところでビクッと足を止めた。

ろう下のむこう側に、白い人かげがあらわれたのだ。

あなたが金しばりにあったように動けないでいると、

「どうかされましたか？」

闇《やみ》の中から、白っぽい着物を着た、若《わか》い仲居《なかい》さんがあらわれた。

「あ、えっと、ちょっとトイレに……」

あなたがてきとうな言いわけを口にすると、

「でしたら、こちらです」

仲居さんはにっこり笑って、本館のほうに歩きだした。

郵 便 は が き

切手を
貼って
ください

〒102-8519

東京都千代田区麹町4-2-6
(株)ポプラ社 児童書事業局 行

本《ほん》を読《よ》んだ方《かた》	お 名《な》 前《まえ》	フリガナ				
		姓《せい》		名《めい》		
	お誕生日《たんじょうび》	西暦《せいれき》 年《ねん》 月《がつ》 日《にち》			性別《せいべつ》	
おうちの方《かた》	お 名《な》 前《まえ》	フリガナ				
		姓《せい》		名《めい》		
	読《よ》んだ方《かた》とのご関係《かんけい》				年齢《ねんれい》	歳《さい》
	ご 住《じゅう》 所《しょ》	〒 -				
	E-mail	@				

上記《じょうき》の住所《じゅうしょ》・メールアドレスにポプラ社《しゃ》からの案内《あんない》の送付《そうふ》は必要《ひつよう》ありません □

※ご記入いただいた個人情報は、刊行物・イベントなどのご案内のほか、お客さまサービスの向上やマーケティングのために個人を特定しない統計情報の形で利用させていただきます。
※ポプラ社の個人情報の取扱いについては、ポプラ社ホームページ(www.poplar.co.jp)内プライバシーポリシーをご確認ください。

買った本のタイトル

質問1 この本を選んだ理由を教えてください(複数回答可)

□タイトルが気に入ったから　□イラストが気に入ったから
□作家さんが好きだから　□いつも読んでいるシリーズだから
□他の人にすすめられたから　□図書館で読んだから
□その他(　　　　　　　　　　　　　　)

質問2 この本を選んだのはだれですか?

□読んだ方　□買った方　□その他(　　　　　　　　)

質問3 この本を買ったのはどこですか?

□書店　□ネット書店　□その他(　　　　　　　　)

● 感想やイラストを自由に書いてね!(著者にお渡しいたします)

ご協力ありがとうございました。

あなたが仲居《なかい》さんといっしょに、ふたりのところへもどろうとすると、美空《みそら》と小夜子《さよこ》が恐怖《きょうふ》の表情《ひょうじょう》をうかべて、全速力でにげだした。

「ちょ、ちょっとまってよ!」

あなたはあわててあとを追った。

さいわい、先生に見つかることなく、あなたたちはもとの部屋にとびこんだ。

「なんでにげるの」

あなたが息をきらしながらふたりをといつめると、美空がまっ青な顔でこたえた。

「だって……あなた、なにをつれてきたのよ!」

美空の話によると、あなたがろう下を歩きだしてしばらくすると、別館のほうから白い人かげが近づいてきた。

あなたはろう下の途中《とちゅう》で足を止めて、その人かげと言葉をかわすと、こちらにもどってきた。

そのとき、あなたのとなりでは、髪《かみ》をふりみだした白装束《しろしょうぞく》の女の人が、木づちとわら人形を手にふたりをにらんでいたというのだ。

話をきいて、あなたはゾッとした。

あらためて思いかえすと、夕方、窓《まど》から見えた人かげも白装束《しろしょうぞく》だったような気がする。

結局、その夜はあの女が追いかけてくるような気がして、ほとんどねむれなかった。


次の日の朝食会場は、別館から新館に変更《へんこう》になった。

その席で、先生からみんなに、

「昨日、わたりろう下の窓から見えた人かげは、近くに遊びにきた人が、まちがって旅館の敷地《しきち》内にまよいこんだだけだった」

と説明があったけど、もちろんあなたたちは信じなかった。

そして、修学《しゅうがく》旅行から帰ってきた、数日後の昼休み。

美空《みそら》があなたと小夜子《さよこ》をよびだした。

美空《みそら》は学校にもどってから、あの旅館のあった場所のことをしらべていたらしい。

「昔、あの旅館の裏山《うらやま》には縁結《えんむす》びで有名な神社があったみたいなの」

と、美空はいった。

「縁結びだったら、いいじゃない」

小夜子《さよこ》は笑っていった。

「わたしもお願いしてきたらよかったな」

「でも、縁結びの神社って、縁切《えんき》りの願いごとをする場所でもあるんだよ。その神社は、丑《うし》の刻参《こくまい》りでも有名だったんだって」

美空の言葉に、あなたと小夜子は顔を見合わせた。

丑の刻参りというのは、わら人形に釘《くぎ》をうちつけて、にくい相手に呪《のろ》いをかける儀式《ぎしき》のことだ。

美空によると、丑の刻参りをおこなうときは、白装束《しろしょうぞく》を身につけるらしい。

「それじゃあ、あの人は……」

あなたはつぶやいた。

丑《うし》の刻参《こくまい》りをしにきた女の人の幽霊《ゆうれい》だったのだろうか。

「しかも……」と、美空《みそら》はつづけた。

「丑の刻参りは、とちゅうでだれかに見られたら自分に呪《のろ》いがかえってくるから、見た人を殺さなきゃいけないっていうルールがあるんだって」

「え……」

小夜子《さよこ》が口に手をあてて絶句《ぜっく》した。

「まあ、あの女の人は儀式《ぎしき》のとちゅうじゃなかったから、だいじょうぶだとは思うけど……」

美空はわたしと小夜子の顔に視線《しせん》を往復《おうふく》させながらいった。

「いちおう、気をつけておいたほうがいいかも」

家に帰ると、美空はデジカメからプリントアウトした写真を見た。

旅館の前で手をふって見送る仲居《なかい》さんたちの姿《すがた》を、バスの窓《まど》からとった写真だ。にこやかに手をふる仲居さんたちの一番はしで、白装束《しろしょうぞく》の女の人が、じっとこちらをにらんでいた。

そういえば、旅行から帰ってから、家のまわりで白い着物の女の人を何度か見かけたような気がする。

もしかして、ついてきちゃったのかも……。

美空《みそら》が写真から顔をあげたとき、窓の外に白い人かげが……。

了

話はそこでとうとつに終わっていた。

修学《しゅうがく》旅行のときのことは、いまでもよくおぼえている。

旅行からしばらくたって、美空は急に学校にこなくなったかと思うと、卒業を前にして、連絡先《れんらくさき》もつげずに転校していったのだ。

あのときは、なにか家の事情《じじょう》があるのだろうと思っていたんだけど、もしかしたら、呪《のろ》いからにげるために引《ひ》っ越《こ》していったのかもしれない。

混乱《こんらん》した気もちのまま、わたしはさらにページをめくった。

異世界《いせかい》にいく方法

「はあ……」

会社からの帰り道。

まっすぐ帰る気になれず、駅前のカフェでコーヒーをのみながら、彼女《かのじょ》はため息をついていた。

窓《まど》の外では、会社帰りの人たちが、駅にむかって歩いている。

その人の波をながめながら、彼女《かのじょ》はもう一度ため息をついた。

社会人になって、今年で三年目。

希望していた会社に採用《さいよう》が決まったときは、本当にうれしかった。

だけど、いざ入ってみると、理想と現実《げんじつ》は全然ちがっていた。

毎日、夜遅《よるおそ》くまで残業はつづくのに、残業代はろくにでないし、お客さんのことを考えるよゆうもない。

上司からは責任《せきにん》を押《お》しつけられ、職場《しょくば》の人間関係にも神経《しんけい》をすりへらして、彼女はつかれきっていた。

「どこか、ちがう世界にいきたいな……」

彼女がつぶやくと、

「いい方法を教えてあげましょうか」

とつぜん、となりの席の男が話しかけてきた。

わたしは、ある予感に胸《むね》がどきどきするのを感じた。

いまのところ、わたしのまわりに「会社勤《かいしゃづと》めをしている若《わか》い女の人」はいない。

ということは、もしかしたらこれは、わたしがこれから出会う物語なんじゃないだろうか。

だったら、この先には、わたしがこれから体験する出来事が書かれているはずだ。

わたしは緊張《きんちょう》しながら、ページをめくった。

彼女《かのじょ》が警戒《けいかい》していると、

「ちがう世界にいきたいんでしょ？」

男はそういって、にっこり笑った。

その笑顔に、少し警戒のうすれた彼女は、話だけでもきいてみる気になった。

男によると、十階建て以上のビルのエレベーターをつかって異世界《いせかい》にいく方法があるという。

彼女《かのじょ》の勤《つと》め先も、ちょうど十階建てだ。

「これは、とちゅうで別のだれかが乗ってきたら失敗なんだけどね……」

男はそういって、そのやり方をくわしく話しだした。


——男と別れて店をでた彼女は、気がつくと、勤め先のビルの前にもどってきていた。

まよった末に、警備室《けいびしつ》に声をかけて、ビルの中に入る。

一階でエレベーターに乗った彼女は、まずは四階のボタンを押《お》した。

とびらがしまって、エレベーターがゆっくりとあがっていく。

四階に到着《とうちゃく》してとびらが開くと、目の前にまっ暗なろう下が見えた。

どうやら、どの部署《ぶしょ》も仕事を終えて、みんな帰ってしまったようだ。

とびらがしまりきる直前、彼女《かのじょ》は二階のボタンを押《お》した。
エレベーターは、こんどはゆっくりとさがっていった。
中に乗っているのは、彼女ひとりだ。
二階についたあと、彼女は同じように六階、二階、十階の順番で移動《いどう》した。
どの階についても、ろう下はまっ暗で、だれも乗ってくる気配はない。
十階でとびらがしまると、彼女は大きく息をすいこんで、五階のボタンを押した。
男の話によると、異世界《いせかい》にいく方法はこうだった。
まずエレベーターにひとりで乗って、四階、二階、六階、二階、十階の順に移動する。
もしとちゅうでだれかが乗ってきたら、その時点で失敗。
だれも乗ってこなければ、次に五階のボタンを押す。
すると、五階で赤い服を着た女性《じょせい》が乗ってくる。
ただし、この女性には、けっして話しかけてはいけない。
次に一階のボタンを押すと、エレベーターはなぜか十階にあがっていく。

そして、十階にエレベーターが到着《とうちゃく》したとき、とびらのむこうにはなやみも苦しみもない、ちがう世界がひろがっているというのだが——。

ガクン

エレベーターが小さくゆれて、五階に到着する。

とびらがあいたとき、彼女《かのじょ》はもう少しで悲鳴をあげるところだった。

カフェで男が話していたとおり、赤い服を着た女の人が乗ってきたのだ。

女の人はうつむいたまま乗りこむと、すぐに半回転してとびらのほうをむいた。

なにもしゃべらないし、ボタンを押《お》す様子もない。

彼女はふるえながら、女の人のうしろから手をのばして、一階のボタンを押した。

とびらがしまると、また小さくゆれて、エレベーターはウィ——ンと音をたてながら、下ではなく上へと動きだした。

彼女《かのじょ》はパニックになった。

さっきまでは、儀式《ぎしき》らしさはあっても、不思議なことはなにも起こらなかった。

この時間ならほとんどのフロアは無人だから、エレベーターに自分以外のだれかがいないことはめずらしくない。

だけど、五階で乗りこんできた女の人がボタンを押《お》そうとしなかったり、一階を押しているのにエレベーターがあがっていくのは、明らかに異常《いじょう》だった。

もしかして、すでにちがう世界に足をふみいれてしまったのだろうか……。

彼女がふるえている間に、エレベーターは動きを止めた。

とびらが開くと、そこはまっ暗なろう下だった。

さっきまでのろう下は、窓《まど》から月明かりが入ってきたり、非常《ひじょう》ベルの赤い光が見えたりしていたので、本当の暗闇《くらやみ》ではなかった。

だけど、いま目の前にあるのは、壁《かべ》とろう下の見わけもつかない、本物の闇《やみ》だ。

赤い服の女の人は、そんな闇の中にすたすたとおりていく。

そして、くるりとこちらをふりかえると、ゆらゆらと手まねきをした。

なにも見えない闇《やみ》の中で、女の人の姿《すがた》だけがぼんやりとうかびあがる。

彼女《かのじょ》は怖《こわ》くなって、〈閉《へい》〉のボタンと一階のボタンを連打した。

とびらがゆっくりとしまっていく。

しまりきる寸前《すんぜん》、女の人がにやりと笑ったような気がした。

ふたたびひとりにもどったエレベーターの中で、彼女は大きく息をはきだした。

男の話していた「なやみも苦しみもない世界」というのは、もしかしたらあの世のことではないだろうか。

たしかに、死んでしまえば、なやみも苦しみもない。

あのまま、手まねきする女の人についていっていたらと思うと、彼女はあらためてゾッとした。

明日から、もう一度、死ぬ気でがんばってみよう――

彼女はエレベーターの中で、両手をにぎりしめた。

ガクンとゆれて、エレベーターが一階に到着《とうちゃく》する。

とびらがあいて、彼女《かのじょ》がいきおいよく足をふみだすと、なぜかそこは屋上のはしで、彼女はそのままビルの下へと——


ドンドンドンッ！


強いノックの音に、本を読む手を止めると、お母さんがあわてた様子でとびこんできた。

「大変よ！　いま、警察《けいさつ》から電話があって、お父さんが大けがをしたって……」

わたしが絶句《ぜっく》していると、お母さんはまっ青な顔でつづけた。

「会社から帰ろうとして、道を歩いてたら、ビルの屋上から女の人がとびおりて、お父さんにぶつかったんだって……」

「よかった……」

病室で、お母さんは大きく息をはきだしながら、ベッドのそばにしゃがみこんだ。

「心配かけて、すまなかったな」

お父さんは笑顔で体を起こそうとして、顔をしかめた。

「いててて……」

うめきながら、包帯でぐるぐる巻《ま》きにされている肩《かた》をおさえる。

とびおりた女の人の体は、途中《とちゅう》で街路樹《がいろじゅ》の枝《えだ》にひっかかってから、お父さんの左肩に落ちてきたらしい。

街路樹がクッションになったのか、女の人は一命をとりとめたけど、いまだに意識《いしき》不明の重体で、お父さんも肩と腕《うで》を骨折《こっせつ》していた。

「そのとびおりた人って……」

わたしは思わずつぶやいた。

「なに？」

お母さんがききかえす。

「……なんでもない」

わたしは口をつぐんで首をふった。

仕事につかれた入社三年目くらいのOL《オーエル》さんだったのかな、と思ったんだけど、

「どうして知ってるの？」

といわれるのも怖《こわ》かったのだ。

とりあえず、入院の準備《じゅんび》のためにお母さんといったん家に帰ると、机《つくえ》の上で本がわたしをまっていた。

ページは、女の人がビルから落ちたところでとまっている。

この本は、わたしが体験してきた出来事を記録しているのだろうか。

それとも、予測《よそく》しているのだろうか。

それとも――

さすがにそれ以上読む気にはなれず、わたしは目をそらしながら本を手にとると、引き

だしにしまってねむりについた。

その夜、なんだかひどい寒気がして、わたしは目をさました。

「だれかいるの……?」

まっ暗な部屋の中に何者かの気配を感じて、ベッドの上に体を起こしたわたしは、声もだせずにかたまった。

窓《まど》からわずかにさしこむ月明かりに、机《つくえ》の前に座《すわ》っている人かげが、ぼんやりとうかびあがる。

深夜、人の家にしのびこんだ泥棒《どろぼう》が、のんびりと机にむかうわけがない。

それに、わたしがいま感じている、この強烈《きょうれつ》な違和感《いわかん》はいったいなんなのだろう。

見たらいけないと思うのに、どうしても人かげから目がはなせない。

自分ではあまり目にすることはないけど、あれはまちがいなくわたしの背中だ。

わたしが机《つくえ》にむかって、本を読んでいるのだ。

ヒッ、とわたしは息をすいこんだ。

机の前のわたしが、ゆっくりとこちらをふりかえろうとしている。

わたしは金しばりにあったように、指一本うごかせなかった。

机の前のわたしは、完全にこちらをむいて、わたしと同じ顔でにやりと笑うと、ゆらりと立ち上がった。

「きゃあっ！」

ようやく金しばりがとけたわたしは、悲鳴をあげながらにげだそうとした。

だけど、足がもつれてしまい、ベッドからおりたところで、床《ゆか》の上にころがった。

あわてて起き上がると、机の前にはだれもいない。

「――あれ？」

それじゃあ、いまのは夢《ゆめ》？

わけがわからないまま、部屋の電気をつけたわたしは、また悲鳴をあげた。

引きだしにいれておいたはずの本が、まるでいままでだれかが読んでいたみたいに、机の上に開いて置いてあったのだ。

次の日、わたしは学校を休んだ。

お父さんのことがあったのと、わたし自身も、いろんなことがつづいてつかれていたので、外にでる気力がなかったのだ。

夕方、リビングのソファーで横になってテレビを見ていたら、さとみが家庭教師《かていきょうし》の先生をつれてたずねてきた。

「美緒《みお》、だいじょうぶ？　お父さん、大変だったね」

「うん、だいじょうぶ。ありがと」

わたしは力なく笑った。

「はじめまして。大変なときに、ごめんね」

さとみのとなりで、先生が頭を下げる。

大学の四年生ときいていたけど、高校生といっても通用しそうな、やさしそうな雰囲気《ふんいき》の人だった。

「いえ、こちらこそ、わざわざすみません。大学の四年生って、就職《しゅうしょく》活動でいそがしいんですよね？」

わたしの言葉に、先生は苦笑して頭をかいた。

「ぼくの場合は、大学院に進学するつもりだから、就職《しゅうしょく》活動はないんだけどね……。それより、さっそくだけど、その本を見せてもらえるかな？」

わたしはふたりを自分の部屋に案内した。

部屋に入るなり、さとみはギョッとした顔で足を止めた。

「美緒《みお》、これって……」

「ちょっと、怖《こわ》くなっちゃって……」

わたしはわずかに顔をしかめて、机《つくえ》に目をやった。

本の入っている引きだしを、ガムテープでぐるぐるまきにしていたのだ。

「あそこに本が入ってるの？」

先生の問いに、わたしはうなずいた。

「はい」

「それじゃあ、本を見せてもらう前に、本を買ってからなにがあったのか、くわしくきかせてもらってもいいかな？」

先生の言葉に、わたしは本を手に入れてから今までのことを、くわしく説明した。

話をきき終わると、先生はしばらくの間、なにか考えこんでいたけど、やがてむずかしい顔で、

「『あなたの本』か。本当にあったんだな……」

とつぶやいた。

「知ってるんですか？」

わたしがおどろいてききかえすと、

「まあね」

先生は肩《かた》をすくめた。

「最近、知り合いからも、『あなたの本』の噂《うわさ》をきいたところだったんだ」

「そうなんですか？」

さとみも目をまるくする。

「それって、どんな話なんですか？」

「だから、ぼくもそれをききにきたんだよ」

先生はそういって、苦笑いをうかべた。

「その知り合いも、別の人からはやってるらしいっていう話をきいただけだったからね」

「前に教えてもらった、あの話はちがうんですか？」

「あの話？」

さとみの言葉に、先生は首をかしげた。

「ほら、図書室のとなりに、読んではいけない本があるっていう……」

「ああ……」

先生は小さく二、三度うなずくと、

「でも、あれもちょっとちがうんじゃないかなあ……」

そう前置きをして、話しだした。

読んではいけない

ぼくの学校には、ある噂《うわさ》があった。

それは、図書室のとなりにある図書準備室《じゅんびしつ》には、読むと死んでしまうおそろしい本がかくされているというのだ。

放課後の五年三組の教室で、ぼくたちがそんな話をしてもりあがっていると、

「おまえら、そんなの信じてるのかよ」

橋場《はしば》くんがばかにしたような口調で話に入ってきた。

「だったら、おれが見てきてやるよ」

ぼくたちは止めたけど、

「まあ、見てろって」

橋場くんはそういって、さっさと教室をでていってしまった。

それからしばらくして、みんな塾《じゅく》とか用事で帰ってしまったので、ぼくも帰るしたくを

していると、橋場《はしば》くんがもどってきた。

「どうだった？　本はあった？」

ぼくがたずねると、

「あったけど、ぜんぜんたいしたことなかったぞ」

と、橋場くんは笑った。

図書準備室《じゅんびしつ》にいくと、かけわすれたのか、ぐうぜんかぎがあいていたらしい。

中に入ると、三畳《じょう》くらいの小さな部屋で、壁《かべ》はすべて天井《てんじょう》まで本だなでうまっている。

こんなに本があったら、見つけるのは無理かもな、と思いながら、橋場くんが本だなをながめていると、一番上の段《だん》に、背表紙《せびょうし》になにも書かれていないまっ黒な本があるのが目に入った。

脚立《きゃたつ》にのぼってとりだしてみると、その本はまるで焼けこげたみたいにまっ黒で、タイトルも作者の名前もわからなかった。

開いてみると、中には日本語でも英語でもない、いままで見たことのないような文字が、えんえんとならんでいる。

「それじゃあ、なにが書いてあるかはわからなかったの？」

ぼくがきくと、

「それが、一行だけ読めたんだ」

橋場《はしば》くんはにやりと笑った。

読めないんじゃ意味ないな、と思いながらも、橋場くんがパラパラとめくっていくと、最後のページに橋場くんの名前と数字だけが、ぽつんとのっていたらしい。

「数字？」

ぼくはゾクッとした。

その本には、「読んだ子の寿命《じゅみょう》が書かれている」という噂《うわさ》もあったのだ。

ぼくがそういうと、橋場くんは笑いながら、手と首を同時にふった。

「それはないって。だって、三億五千万とか六千万とか、とにかくすげえ数字が書いてあったんだぜ。そんな年まで生きてたら、ギネスにのるだろ」

翌日《よくじつ》、学校にいくと、教室に橋場《はしば》くんの姿《すがた》はなかった。

一時間目が始まる前に、先生がやってきて、昨日、橋場くんが交通事故《じこ》で亡《な》くなったとつげた。

あまりにもとつぜんのことに、ぼくはショックをうけたけど、あることに気づいて、あわててノートで筆算を始めた。

ぼくは橋場くんの誕生日《たんじょうび》を知っていた。

橋場くんは十一歳《さい》三か月と四日で死んだことになる。

一分は六十秒だから、一時間は三千六百秒。

一日だと二十四時間で八万六千四百秒、これが一年になると約三千百五十万秒だ。

さらに、これに十一年と三か月をかけると、だいたい三億五千万と六千万の間くらいに……。

ノートを前にして、ぼくは背《せ》すじがさむくなった。

あれは、生まれてから死ぬまでの秒数だったんだ……。


それ以来、図書準備室《じゅんびしつ》には近づいていない。


「ほかにも、読むと呪《のろ》われる本とか、手にした子の死期を予言するような本の話はあるけど、読んでる人が体験してきた怪談が書かれた本っていうのは、ぼくもきいたことがないな」

先生はそう話をしめくくった。

そして、短い沈黙《ちんもく》のあと、真剣《しんけん》な目でわたしの目を見つめていった。

「その本を見せてもらえるかな?」

わたしはまよった末、はい、とうなずいた。

テープをはがして引きだしをあける。

「あれ?」

わたしは目をうたがった。

昨夜《ゆうべ》、引きだしに入れたはずの本が、どこにもなかったのだ。

「え? なんで?」

わたしはあわててふたりをふりかえった。

「うそじゃないんです。ほんとにあったんです」

「ほんとですよ」

さとみも先生にうったえた。

「わたしも、美緒《みお》が本を買うところを見てましたから」

「うーん……」

先生は顔をしかめてうなっていたけど、

「どこまで読んだんだっけ？」

ときいてきた。

「えっと……ちょうど、昨夜《ゆうべ》のできごとまでです」

わたしがこたえると、先生は深刻《しんこく》な顔でうなずいた。

「そうか……もし次に本がでてきても、そのつづきは読まないほうがいいかもしれないね。なにが起こるかわからないから」

「信じてくれるんですか？」

うそじゃないと主張《しゅちょう》しながらも、先生がすんなり信じてくれたことに、わたしはちょっとびっくりしていた。

さとみはもともとこういう話が好きだし、風鈴《ふうりん》のことも経験《けいけん》してるから、信じるのもわかるけど、先生のような大人の人がまじめに信じてくれるとは、正直思っていなかったのだ。

「まわりからは、変わってるっていわれるけどね」

先生は笑って頭をかいた。そして、すぐにまじめな顔になってつづけた。

「たしかに、ばかばかしいといって否定《ひてい》するのはかんたんだけど、ぼくは、この世には科学や常識《じょうしき》では説明できないなにかが絶対《ぜったい》にあると思う。だから、この本に対しても危険《きけん》かもしれないと思って行動することが大事なんだよ」

話をきいているうちに、わたしはだんだん怖《こわ》くなってきた。

「わたしはどうしたらいいんでしょう」

「ぼくもしらべてみるから、とりあえず、本が見つかっても読まないように。それから、心霊《しんれい》スポットとか、怪談《かいだん》にでくわしそうなところは、なるべくさけたほうがいいね」

先生の言葉に、わたしはしっかりとうなずいた。

さとみたちが帰ったあと、わたしはお母さんと一緒《いっしょ》に病院にむかった。

お父さんのけがは、少しずつ回復《かいふく》しているみたいだ。

「お母さん、ちょっと先生と話があるから、その間に、お買い物お願いしてもいいかな」

お母さんにたのまれて、わたしは一階の売店にむかった。

買い物をすませて、もとの病室にもどろうとエレベーターに乗ると、しまりかけのとびらをすりぬけるようにして、女性《じょせい》の看護師《かんごし》さんが乗りこんできた。

ボタンを押《お》す様子を見せないので、同じ階にいくのかな、と思っていると、とびらがしまった瞬間《しゅんかん》、看護師さんはふりかえって、

「その本、読まなくていいの？」

といった。

「え？」

自分の手元を見て、わたしは悲鳴をあげた。

いつのまにか、わたしの手には売店の袋《ふくろ》ではなく、『あなたの本』があったのだ。

わたしが思わずエレベーターの床《ゆか》にほうりだすと、

「だめよ、本を投げたりしたら」

看護師さんはにやりと笑って本をひろった。

そして、本を開いて、たんたんとした口調で読みはじめた。

「――お父さんのお見舞《みま》いにやってきたあなたは、病院でエレベーターに乗りました。

「すると、電気が点滅《てんめつ》を始めて……」

看護師《かんごし》さんの朗読《ろうどく》にあわせるように、天井《てんじょう》の電気がジジジジッと音をたてて点滅を始める。

「とつぜん、パッと消えました」

「やめて！」

わたしが看護師さんにさけぶのと、電気が完全に消えるのが同時だった。

わたしが暗闇《くらやみ》の中でふるえていると、電気はいったんついて、またすぐに点滅を始めた。

「電気は……あなた……えると……」

電気がついたり消えたりするたびに、看護師さんの声も、まるで点滅するみたいに、きこえたりとぎれたりする。

上にあがっていたはずのエレベーターが、ガクンと大きくゆれて、まるで落下するみたいに一気に下へとおりていった。

「エレベ……どんどん……いき……」

看護師《かんごし》さんは朗読《ろうどく》を続けている。

わたしはとびつくようにして非常《ひじょう》通話ボタンを押《お》した。

だけど、どこにも通じない。

わたしはさらに、ほかのボタンもめちゃくちゃに押しまくった。

すると、とつぜんエレベーターが止まって、しずかにとびらがあいた。

とびらの上の階数表示《ひょうじ》は〈B1《ビー》〉、つまり、地下一階をしめしている。

ふつう、エレベーターをおりたらろう下があるはずなのに、どういうわけかとびらのすぐ外は部屋だった。

気がつくと、いつのまにか看護師さんの姿《すがた》は消えていた。

おそるおそる足をふみだすと、うす暗い部屋の中央に机《つくえ》があって、だれかが座《すわ》っているのがわかる。

さらに一歩近づいたわたしは、それが自分だと気づいてがくぜんとした。

もうひとりのわたしがふりかえって、こちらに近づいてくる。

わたしはいそいでエレベーターにもどると、〈閉《へい》〉のボタンを連打した。

わたしの顔がほほえみながら近づいてくるけど、なんとか直前でとびらがしまる。

わたしがホッとしてその場に座《すわ》りこむと、なにも押《お》していないのに、勝手に四階のボタンがついた。

え？　と思って別のボタンを押すけど、まったく反応《はんのう》しない。

ぼうぜんとしているわたしの目の前で、エレベーターの階数ボタンが勝手につぎつぎとついていった。

四階、二階、六階、二階、十階……

本にのっていた、異世界《いせかい》にいく方法と同じ順番だ。

だけど、エレベーターはその階に止まるだけで、とびらはあかない。

やがて、五階に止まってとびらが開くと、さっきの看護師《かんごし》さんが本を手に乗りこんできた。

「だから、読まなくていいの？　ってきいたのに」

看護師さんが、にやにや笑いながらいった。

とびらがしまって、エレベーターがまた動きだす。

だけど、混乱《こんらん》していたわたしは、エレベーターがあがっているのかさがっているのかもわからなかった。

「どういうことですか？」

わたしはあとずさりをしながらきいた。

すぐにエレベーターの壁《かべ》に背中《せなか》があたる。

「怖《こわ》い目にあったとき、どうすればいいか、書いてあるかもしれないでしょ？」

看護師《かんごし》さんがそういったとき、とつぜんエレベーターが止まってとびらがあいた。

わたしが看護師さんの横をすりぬけてとびだすと、そこは屋上だった。

わたしはハッと足を止めた。

金網《かなあみ》のむこうに、わたしが立っているのが見えたのだ。

混乱《こんらん》しながらも、わたしは必死にかけよって、自分の背中をつかまえようと手をのばした。

ところが、手は空をきり、わたしの体はそのまま金網をすりぬけて、中庭めがけてまっさかさまに――。

「井上《いのうえ》さん、『あなたの本』っていう怪談《かいだん》、きいたことありますか?」

担当編集者《たんとうへんしゅうしゃ》の水木《みずき》さんは、電話をかけてくるなり、そうきりだした。

「『あなたの本』……ですか?」

わたしは記憶《きおく》をさぐった。

本にまつわる怪談は、いくつかきいたことがあるけど、たいていは『呪《のろ》われた本』とか『悪魔《あくま》の本』など、いかにも怖《こわ》そうなタイトルがついている。

『あなたの本』という怪談は、きいた覚えがないし、あんまり怖い感じがしないな、と思っていると、

「最近、子どもたちの間ではやってるらしいんです」

と、水木さんがつづけていった。

「どんな話なんですか？」

興味《きょうみ》がでてきたわたしは、スマートフォンをにぎりなおした。

「わたしもくわしい内容《ないよう》はわからないんですけど……なんでも、その本には読んでいる人がいままでに体験した、すべての怪談《かいだん》が書かれているそうなんです」

「すべての怪談が？」

わたしはギョッとした。

それじゃあ、わたしが小学生のときに体験したあのできごとも、すべて書かれているのだろうか……。

「どうかしましたか？」

だまりこんでしまったわたしに、水木《みずき》さ

んが心配そうに声をかけた。

「あ、いえ……だったら、人によってはずいぶん厚《あつ》さのちがう本になりそうですね。だって、世の中には、そういうのを全然経験《けいけん》していない人もいるわけだし……」

わたしがそういうと、

「そうともかぎらないみたいですよ」

水木《みずき》さんはこたえた。

どうやらその本には、本人が夢《ゆめ》だと思っていたり、幽霊《ゆうれい》を見たという自覚のない怪談《かいだん》ものっているらしい。

ということは、その本を読んではじめて、そのときに怪談にであっていたことに気づく人もいるというわけだ。

「ちなみに、その本を読むと、どうなるんですか？」

この手の怪談では、最後まで読むと本の中にとじこめられたり、たましいをぬかれて死んでしまうというパターンが多い。

「それが、わからないんですよ」

水木さんは残念そうにこたえた。

「最後まで読むと、なにかおそろしいことが起こるといわれているみたいなんですが……」

くわしいことがわかったら、また連絡《れんらく》します――水木《みずき》さんがそういって電話をきると、わたしはパソコンの電源《でんげん》を入れた。

子どものころから、怪談《かいだん》や怖《こわ》い話が好きだったわたしは、しだいに自分でも物語を書くようになって、いまから二年前、大学二年生のときに、作家としてデビューすることができた。それ以来、大学に通いながら、おもに子どもむけのお化けや妖怪《ようかい》がでてくる小説を書いている。

あと半年ほどで大学も卒業だけど、卒業後もこのまま作家をつづけていくつもりだ。

水木さんは、デビューからずっとわたしを担当《たんとう》してくれている編集者《へんしゅうしゃ》さんで、作品の参考に、ときおりこうして、子どもたちの間ではやっている噂《うわさ》や怪談を教えてくれる。

いまきいたばかりの話をパソコンに書きとめたわたしは、ふと思いだして、清人《きよと》くんに電話をかけてみることにした。

清人《きよと》くんは、わたしの小学校のときの同級生で、昔から学校の怪談とか怖い話が好きだったんだけど、それが高じて、いまではなんと大学で怪談《かいだん》の研究をしていた。

清人くんによると、怪談や都市伝説というのは、地方につたわる民話や言い伝え同様、民俗学《みんぞくがく》という学問ではちゃんとした研究の対象になるのだそうだ。

清人くんとは、高校まで一緒《いっしょ》で、大学は別になったんだけど、興味《きょうみ》の対象が同じなので、いまでもときどき連絡《れんらく》をとっては情報交換《じょうほうこうかん》をしていた。

「ひさしぶり。どうしたの?」

すぐに電話にでた清人くんに、わたしはさっききいたばかりの話をした。

「『あなたの本』か……」

わたしの話をきいた清人くんは、電話口でうなるような声をだした。

「清人くん、きいたことない?」

「本にまつわる怪談なら、たくさんあるけど……」

「そういえば、前に〈読んだ人の寿命《じゅみょう》がのってる本〉の話をしてなかったっけ」

「でも、いま井上《いのうえ》が教えてくれた本は、寿命じゃなくて、読んでる人が経験《けいけん》した怪談が書かれてるんだろ?」

清人《きよと》くんは、しばらく考えこんでいたけど、やがて、

「そういえば、ゲームブックの怪談《かいだん》に、『あなたの本』っていうのがでてきてたな」

といいだした。

「え? ほんと?」

「うん。あ、ゲームブックってわかる?」

「もちろん」

わたしはクスリと笑った。

「これでもいちおう、作家ですからね」

ゲームブックというのは、順番にページをめくって読んでいくふつうの本とはちがい、とちゅうで選択肢《せんたくし》がでてきて、読者が

それをえらぶことで、自分だけのストーリーを楽しめる、小説とゲームが合体したような本のことだ。

たとえば、呪《のろ》われた廃校《はいこう》から脱出《だっしゅつ》する、というゲームブックがあったとすると、とちゅうで主人公がトイレの花子《はなこ》さんに追いかけられて、こんな選択肢《せんたくし》が提示《ていじ》される。

「三階ににげる　↓　9ページへ」
「トイレににげこむ　↓　17ページへ」
「引きかえして、花子さんと対決する　↓　26ページへ」

そこで、読者は好きな行動をえらぶことで、自分でストーリーを決定していくのだ。

「それって、どんな話なの？」

わたしがきくと、

「井上《いのうえ》がきいた話とはちがうかもしれないけど……」

そう前置きをして、清人《きよと》くんは話し始めた。

どちらにしますか?

学校からの帰り道。ふらりと立ちよった古本屋で、圭介《けいすけ》は一冊《さつ》の本に目をとめた。

『あなたの本』というタイトルのぶあつい本で、作者の名前はない。

なんとなく気になって、手をのばした圭介は、ページをめくって「おや?」と思った。

その本は、ゲームブックだったのだ。

ゲームブックというのは、読者が選択肢《せんたくし》をえらんでいくことで、ストーリーの展開《てんかい》やラストが変わっていく、読者参加型の本のことだ。

ふつう、ゲームブックといえば、アドベンチャーやミステリー的な内容《ないよう》で、悪い魔王《まおう》をたおして世界に平和をもたらしたり、殺人鬼《さつじんき》がうろつく洋館から脱出《だっしゅつ》することを目的にしていることが多いけど、この本はどうやら、そういう明確《めいかく》な目標はなさそうだった。

はじめのほうをパラパラとめくってみたところ、塾《じゅく》にいくのにバスに乗るか自転車をつかうかとか、テストの前日に徹夜《てつや》で勉強するかあきらめてねてしまうかなど、本当にふつうの場面しかでてこない。

しかも、本の中の主人公も中学生で、圭介《けいすけ》のじっさいの生活とすごくよく似《に》ていた。日ごろはあまり本を読まない圭介も、その本にはなぜか興味《きょうみ》をひかれて、買うことにした。

家に帰って本を開くと、一番初めに注意事項《じこう》として、

「けっして先を読んではいけません」
「けっしてとちゅうでもどってはいけません」

と大きく書いてある。

たしかに、ストーリーの予測《よそく》がつかないことがゲームブックのおもしろさなのだから、先のページをのぞき見したり、もどったりしたら意味がない。

圭介《けいすけ》はさっそく1ページ目から読み始めた。

朝、目ざましがなってすぐに起きるか、それとも二度寝《にどね》をするか。

友だちに、授業《じゅぎょう》をさぼって遊びにいこうとさそわれて、遊びにいくか、ことわって授業にでるか。

そして、ゲームブックの中の世界で数日がたったある日のこと。家をでるときに傘《かさ》をもっていくかどうか、という選択肢《せんたくし》がでてきた。

ちなみに、本の中の天気予報《よほう》では、降水確率《こうすいかくりつ》は二〇%《パーセント》らしい。

現実《げんじつ》の世界なら、傘をもっていかないところだけど、せっかく架空《かくう》の世界なのだから、当たり前の選択ばかりしていてもおもしろくない。

圭介は「傘をもっていく」をえらんで、30ページに進んだ。

すると、学校帰りに急な雨にふられて、前から気になっていたとなりのクラスの女の子と、バス停まで同じ傘で帰る、という展開《てんかい》になった。

しかも、そのときに好きなバンドが一緒《いっしょ》ということがわかって、今度ゆっくり話をしようという約束ができたのだ。

本の中のこととはいえ、気分がよかったので、圭介《けいすけ》はそこで読むのをやめてねることにした。

それっきり、本のことはわすれていたけど、それから数日後、朝食を食べながらテレビを見ていた圭介は（おや？）と思った。

降水確率《こうすいかくりつ》が二〇％《パーセント》だったのだ。

圭介はちょっと考えてから、傘《かさ》をもって家をでた。

その日、学校が終わって圭介が帰ろうとすると、校舎《こうしゃ》の出口のところに人だかりができていた。

急な夕立で、みんな足止めをくらっているみたいだ。

その中に、前から気になっていたとなりのクラスの女の子の姿《すがた》を見つけて、圭介は思いきって声をかけた。

「よかったら、入っていかない？」

夕方、圭介《けいすけ》はうきうきしながら家に帰った。

帰り道、まさに本の通りの展開《てんかい》になって、女の子となかよくなることができたのだ。

夕飯を終えると、圭介はさっそく本を開いてつづきを読みはじめた。

退屈《たいくつ》な選択肢《せんたくし》と、平凡《へいぼん》な毎日がつづいていく。

そして、本の中の時間でさらに二週間がたったところで、圭介はページをめくる手を止めて考えこんだ。

本の中で、圭介は彼女《かのじょ》に「話がある」とよびだされ、一緒《いっしょ》に帰っていた。

その帰り道のとちゅうで、

「いま、クラブの先輩《せんぱい》に告白されている」

とうちあけられたのだ。

その先輩は、かっこよくて人気《にんき》もあるけど、ちょっと乱暴《らんぼう》で怖《こわ》い噂《うわさ》のある人だった。

「あなたはなんとこたえますか？

そんなこと、僕《ぼく》には関係ないよ　↓　38ページへ

そんなやつより、僕とつきあおうよ　↓　40ページへ」

主介《けいすけ》はまよった末、「僕とつきあおう」をえらんで、40ページに進んだ。

すると、翌日《よくじつ》の放課後、ゲームブックの中で主介は、その先輩《せんぱい》によびだされた。

どきどきしながら校舎裏《こうしゃうら》に向かうと、先輩は「本気か？」ときいてきた。

「あなたはなんとこたえますか？

もちろん本気です　↓　58ページへ

冗談《じょうだん》にきまってるじゃないですか　↓　39ページへ」


圭介《けいすけ》は「本気です」をえらんだ。

すると、先輩《せんぱい》は「なかよくするんだぞ」といいのこして、立ち去っていった。

本の中のこととはいえ、手に汗《あせ》をかくほど緊張《きんちょう》していた圭介は、そこで本をとじることにした。


そして、二週間後。

彼女《かのじょ》に「話がある」とよびだされた圭介は、本でえらんだ通りに行動して、彼女とつきあうことになった。

それからも圭介は、ときおり本を開いては、ゲームブックを進めていった。

現実《げんじつ》ではまようようなことでも、本の中では思いきった選択《せんたく》ができる。それはいい結果につながって、さらに現実でも同じ選択をすることで、圭介の生活はどんどんいい方向に進んでいった。

不思議なことに、ゲームブックはいつまでたっても終わらなかったけど、圭介《けいすけ》はあまり気にしないようにした。

疑問《ぎもん》をもってしらべたりすると、すべてがだいなしになってしまうような気がしたのだ。

そして、本を買ってから半年がすぎたころ、本の中の圭介にとって、大きな人生のわかれ道があらわれた。

高校受験だ。

「彼女《かのじょ》と同じ高校を受験する　↓　１２９ページへ
彼女とちがう高校を受験する　↓　２６８ページへ」

勉強が苦手な圭介にとって、彼女と同じ高校を受験するのは、かなりリスクが高かった。

まよった末、圭介は初めてルールをやぶって、両方の選択肢《せんたくし》の未来を読んでみることにした。

ところが、「同じ高校」を選択《せんたく》しても、「ちがう高校」を選択しても、その先の人生はさんざんなものだった。

彼女《かのじょ》にはふられ、学校もとちゅうでやめて、すべてがうまくいかなくなってしまったのだ。

「そんなはずはない……」

圭介《けいすけ》はあせった。このままでは、現実《げんじつ》の世界も悲惨《ひさん》なものになってしまう。

圭介にとって、すでにゲームブックはただの物語ではなく、現実の予言書だった。

だけど、どこまで進んでも、状況《じょうきょう》はよくなるどころか、悪くなるいっぽうだ。

どちらもだめなら、もっと前の段階《だんかい》で選択肢《せんたくし》をまちがえたんだ——そう考えた圭介は、今度はどんどんページをさかのぼっていった。

だけど、彼女とつきあう前までもどって選択をやり直しても、悲惨な結末にたどりついてしまう。

圭介はさらにページをもどった。

いつしかゲームブックの中身は、圭介《けいすけ》がゲームブックを買った時点よりも前にさかのぼっていた。

それでも、納得《なっとく》のいく未来は見つからない。

過去《かこ》にもどっては選択《せんたく》をやり直し、すべての選択が気に入らなかったら、またさらに過去にもどって、選択をやり直す——。

圭介は学校にもいかず、心配する家族の声もきかずに、自分の部屋にとじこもって、ただひたすらにゲームブックをめくりつづけた。

家族が部屋にむりやり押《お》し入ったときには、肌身《はだみ》はなさずもっていたはずのゲームブックはどこにもなく、圭介は小学校の入学式以降《いこう》の記憶《きおく》を失っていたということだ。

話をきき終えて、わたしは背筋《せすじ》がひやっとした。

ルールをやぶった主人公がひどい目にあうというのは、怪談《かいだん》ではよくある話だけど、自分の人生が少しずつあともどりしていくというのは、幽霊《ゆうれい》や妖怪《ようかい》がでる怪談とはまたちがった怖《こわ》さがある。

「こんな話なんだけど……やっぱりちがうよね」

清人《きよと》くんの言葉に、

「そうだね」

とわたしはこたえた。

「たしかに怖いけど、編集者《へんしゅうしゃ》さんが教えてくれた話とは、別だと思う」

おたがいに、なにかわかったらまた連絡《れんらく》することにして電話をきると、わたしは立ち上がって窓《まど》をあけた。

子どものころに水彩《すいさい》絵の具で描《か》いたような、あわい青空がひろがっている。

そういえば、わたしがはじめて小説らしきものを書いたのは、いまから十年前、小学六年生のときだった。

そのころから、怪談や怖い話に興味《きょうみ》があったわたしは、当時、ちょうど募集《ぼしゅう》していた小学生むけの小説コンクールに応募《おうぼ》するため、オリジナルの怪談《かいだん》小説を書こうとしたのだ。

そのときに書いた『わたしの本』は、いろいろあって、いまは手元にはないけれど、あれがわたしの物書きとしての原点だと思う。

あの本は、いまはどこにあるのかな――昔のことをぼんやりと思いだしながら、わたしは長い間、青い空を見上げていた。


それから数日後、わたしがパソコンにむかって次回作の下書きをしていると、清人《きよと》くんから電話がかかってきた。

『あなたの本』のことだけど、あれからなにか進展《しんてん》はあった?」

「ううん、なんにもないけど……」

わたしがこたえると、

「そっか……」

清人くんは、落胆《らくたん》した声をだした。

「どうかしたの？」

「うん。じつは……」

清人《きよと》くんの話をきいて、わたしはおどろいた。

この間の電話の直後、清人くんが家庭教師《かていきょうし》をしている中学二年生の女の子から、

「友だちが『あなたの本』というタイトルの不思議な本をもってるんですけど、なにか知りませんか？」

という相談があったというのだ。

しかも、その本のもち主は、現在《げんざい》入院しているらしい。

「入院？　それって、いったいどういうこと？」

わけがわからなくなって、わたしがきくと、

「それが、ぼくにもよくわからないんだ」

清人くんも電話口で困惑《こんわく》した声をあげた。

「いまからその子と一緒《いっしょ》にお見舞《みま》いにいって、くわしく事情《じじょう》をきこうと思うんだけど、よかったら一緒にきてくれないか」

一時間後、わたしは清人《きよと》くんの車に乗って、『あなたの本』のもち主が入院しているという病院にむかっていた。

車には、さとみちゃんという清人くんの家庭教師《かていきょうし》先の女の子も乗っていて、わたしは彼女《かのじょ》からくわしい事情《じじょう》をきくことができた。

それによると、本のもち主は同じクラスの美緒《みお》ちゃんという女の子で、さとみちゃんと美緒ちゃんは、この前の日曜日、近くの神社で開かれたフリーマーケットにでかけた。

そこで立ちよった〈ひとかけ屋〉という、ちょっと変わった店で、さとみちゃんはガラス棒《ぼう》の欠けた風鈴《ふうりん》を、美緒ちゃんは主人公が欠けているという『あなたの本』を買って帰ったんだけど……。

「その店の人は、『店の品物には、なにかが欠けている代わりに物語がついている』っていってたのね？」

わたしは助手席からふりかえって、さとみちゃんに確認《かくにん》した。

「はい。じっさいに、その物語もきかせてもらいました」

さとみちゃんはそういって、人形と風鈴《ふうりん》にまつわる物語を、かんたんに話してくれた。

「それじゃあ、その『あなたの本』にも、物語がついてるのかな？」

わたしが助手席で首をひねると、

「そうだな」

ハンドルをにぎっている清人《きよと》くんがこたえた。

「その本には、主人公が欠けているわけだから、その代わりに、なにか本にまつわる物語があるんだろうけど……」

「もしかしたら、中身が全部そうなんじゃないですか？」

さとみちゃんがいった。

「ほら、本の中には怪談《かいだん》が書いてあるわけだし……」

たしかに、本の中身がそのまま本にまつわる物語だという考え方もできるけど、それとは別になにか物語があるのかもしれない。

結局、答えがでないまま、車は病院の駐車場《ちゅうしゃじょう》へと入っていった。

病室をたずねると、入院着を着た女の子が、ベッドの上に体をおこして、ぼんやりと窓《まど》の外をながめていた。

美緒《みお》ちゃんだ。

美緒ちゃんは、もともとは入院していたお父さんのお見舞《みま》いにきていたんだけど、急に姿《すがた》が見えなくなったかと思うと、しばらくして、中庭で気を失ってたおれているところを発見されたらしい。

美緒ちゃんがどうしてそんなところにたおれていたのかについては、本人がなにも話さないのでわかっていないんだけど、頭をうっている可能性《かのうせい》もあるので、念のために入院しているのだそうだ。

「美緒」

さとみちゃんが声をかけると、美緒ちゃんはこちらに顔をむけた。

「こんにちは」

さとみちゃんのうしろから、顔をだして声をかける。

だけど、視線《しせん》はわたしを通りすぎて、はるか後方を見ていた。

どうやら、心が遠くにいってしまっているようだ。

「本はまだ見つかってないの？」

わたしから一歩さがったところに立つ清人《きよと》くんが、さとみちゃんに小声でたずねた。

そういえば、車の中で、美緒《みお》ちゃんの机《つくえ》の引きだしから本が消えたという話をしていた。

「たぶん、美緒の家のどこかにあると思うんですけど……」

さとみちゃんがこたえるのをききながら、わたしはベッドに歩みよった。

ベッドの横にある小さなテーブルの上に、濃《こ》いえんじ色の表紙が見える。

わたしはその本に手をのばした。


『あなたの本』


わたしはふりかえって、さとみちゃんに声をかけた。

「もしかして、これがその本？」

「あ、それです」

さとみちゃんが目をまるくして、高い声をあげる。

「どこにあったんですか？」

「どこって、このテーブルの上に……」

そういいながら、ふたたびベッドのほうをむいたわたしは、思わず悲鳴をあげそうになって、口に手をあてた。

ベッドの上の美緒《みお》ちゃんが、目と口を大きく開いたままこおりついていたのだ。

それは、恐怖《きょうふ》の表情《ひょうじょう》だった。

わたしが、どうしたの？　と声をかけようとしたとき、美緒ちゃんがベッドの上で、大きなさけび声をあげた。

「きゃ――――――っ！」

わたしたちがあっけにとられる中、清人《きよと》くんがすばやく枕元《まくらもと》のナースコールを押《お》す。

すぐに看護師《かんごし》さんがとんできて、わたしたちは病室からおいだされてしまった。

「美緒《みお》、だいじょうぶかな……」

ろう下から、さとみちゃんが心配そうに病室の中をのぞきこむ。

とにかく、今日のところは、これ以上話をきくことは無理のようだ。

わたしは帰ろうとして、あっ、と足を止めた。

いまのさわぎにまぎれて、本を病室からもってきてしまったことに気がついたのだ。

「これ、どうしよう……」

わたしはふたりの顔を見た。

いまの反応《はんのう》を見るかぎり、美緒ちゃんにはかえさないほうがいいような気がする。

「とりあえず、あずかっておいてもらえませんか？」

さとみちゃんが、わたしの顔をまっすぐ見つめながらいった。

「美緒《みお》はあの調子だし、おじさんも入院してるから、おばさんも大変だし……美緒にはおちついたら、わたしから話しておきますから」

結局、さとみちゃんの提案《ていあん》にしたがって、本はわたしがあずかることにした。

もうしばらく病院にのこるというさとみちゃんと別れると、わたしたちは病院をあとにした。

清人《きよと》くんの車で、マンションまで送ってもらう。

「とりあえず、この本、読んでみるね」

マンションの前で車をおりたわたしが、そういって本を顔の横にかかげると、清人くんはしばらく車をとめたままだまっていたけど、

「気をつけろよ」

真剣《しんけん》な顔でそういいのこして、走り去っていった。


部屋にもどると、わたしは机《つくえ》にむかって、さっそく本を開いた。

「これは、あなたの本です」

さとみちゃんからきいたとおりの文章が書いてある。

(本当に二人称《ににんしょう》なんだ――)

わたしは感心した。

仕事柄《がら》、本はたくさん読んでるほうだと思うけど、二人称の小説を読んだのは数えるほどで、それもすべて短い小説ばかりだった。

わたしはさらに、次のページをめくった。

「あなたは、いま一冊《さつ》の本を手にして、机にむかっています。

本のタイトルは『あなたの本』。

あなたは表紙を開きました。すると、はじめのページのまん中には、こう書かれてありました。

これは、あなたの本です。

（本当に二人称《ににんしょう》なんだ――）

感心しながら、あなたはさらにページをめくりました。」

まるで、だれかに心を読まれているみたいな、おかしな気分だ。

さとみちゃんが美緒《みお》ちゃんからきいた話だと、このあと、短編がたくさんつづいているらしい。

わたしは一話目を読み始めた。

人形

S《エス》ちゃんの家には、ピンクのドレスを着たかわいらしい人形がありました。

身長は五十センチくらいで、横にすると目をとじて、体を起こすと目を開きます。

Sちゃんが三歳《さい》になったときに、おばあちゃんがプレゼントしてくれたもので、Sちゃんはその人形をとても大事にしていました。

寝《ね》るときも、旅行にいくときもいつも一緒《いっしょ》で、まるで仲のいい姉妹のようだったのですが、Sちゃんが七歳のとき、本当に妹が生まれました。

Sちゃんは妹のお世話に夢中《むちゅう》になって、人形はしだいにわすれられていきました。


これは、わたしの話じゃない——一話目を読み始めて、わたしはすぐにそう思った。

わたしには七歳《さい》ちがいの妹はいないし、ピンクのドレスの人形ももってない。

だけど、さとみちゃんからきいていた、妊娠《にんしん》中のお母さんが鬼子母神《きしもじん》とであう話でもなさそうだ。

どういうことだろう……わたしは首をひねりながらつづきを読んだ。


それから何か月かがすぎた、ある夜のこと。

一日中、妹の相手をして、ぐっすりとねむっていたS《エス》ちゃんは、

「おねえちゃん」

という声に目をさましました。

だけど、妹はまだ赤ちゃんで、声をだすことはできても、そんなにはっきりとしゃべることはできません。

気のせいかな、と思ってねがえりをうつと、すぐ目の前に人形が横になって、Sちゃん

をじっと見つめていました。

「きゃあっ！」

S《エス》ちゃんが悲鳴をあげてとびおきると、

「どうしたの？」

となりの部屋で妹をねかしつけていたお母さんがとんできました。

「いま、人形が……」

あなたは枕《まくら》もとの人形を指さしました。

まだ心臓《しんぞう》がドキドキしています。

「あら、ひさしぶりに一緒《いっしょ》にねてたの？」

お母さんは、Sちゃんが自分でおもちゃ箱からだしてきたと思っているようです。

Sちゃんが、勝手にふとんに入ってきたんだといっても、

「そんなわけないでしょ。ねぼけて自分でもってきたんじゃないの？」

と、信じてくれません。

お母さんと話をしているうちに、S《エス》ちゃんも、もしかしたらねぼけて自分でもってきたのかも、という気がしてきました。

人形をおもちゃ箱にもどして、もう一度ふとんに入ったSちゃんは、

（そういえば、横にしたら目をとじるはずなのに、どうして目があいていたんだろう……）

ということに気づいて、あらためてゾーッとしたのでした。

その日から、人形はときおり、Sちゃんのふとんの中にあらわれるようになりました。

そのたびに、Sちゃんはとびおきてお母さんのもとへかけつけます。

そんなことが、あまりに何度も続くので、お母さんもさすがにおかしいと思い始めて、買ってきたときの箱に人形を入れると、ガムテープでぐるぐる巻《ま》きにして、押入《おしい》れの一番奥《おく》にしまいこみました。

その日の夜。

押入《おしい》れからカタカタと音がきこえてくるので、S《エス》ちゃんとお母さんがあけてみると、奥《おく》に入れたはずの人形の箱が、まるで押入れからでようとするみたいに、一番手前にころがっていました。

Sちゃんがあまりにも怖《こわ》がるので、両親は相談して、人形を近所に住むおばあちゃんの家であずかってもらうことにしました。

それから一週間ほどたったある日のこと。

Sちゃんが学校から帰っていると、うしろから、

「おねえちゃん……」

という声がきこえてきました。

ふりかえると、うす暗い道のむこうに、あの人形が立っています。

Sちゃんは、はじかれたように走りだしました。

すると、まがり角で、去年同じクラスだったM《エム》ちゃんとばったりあいました。

S《エス》ちゃんは、いやな子にあっちゃったな、と思いました。

M《エム》ちゃんはすごくいじわるな子で、人がいやがるようなことをすぐにいうのです。

「なにをあわててるの？」

Mちゃんにきかれて、

「人形が……」

ふりかえって指さそうとすると、人形の姿《すがた》はどこにもありません。

ホッとして、大きく息をはきだしたSちゃんは、足元で人形が自分を見上げているのを見つけて、悲鳴をあげました。

「きゃあっ！」

「なに？　人形が怖《こわ》いの？」

Mちゃんがばかにしたように笑いますが、Sちゃんはそれどころではありません。

「この人形、ついてくるの」

Sちゃんが興奮《こうふん》してうったえると、

「そんなわけないでしょ」

M《エム》ちゃんは鼻で笑って、人形をだきあげました。そして、

「わたし、こんなお人形がほしかったの。そんなに怖《こわ》いなら、わたしがもらってあげる」

そういうと、人形をだいたまま、立ち去っていきました。

S《エス》ちゃんが、その場から動けずにいると、Mちゃんの肩《かた》ごしに、人形が小さく手をふるのが見えました。

その後、Mちゃんを見かけなくなったので、Mちゃんと同じクラスの友だちにたずねると、まがり角であった日の直後、両親が離婚《りこん》して引《ひ》っ越《こ》していったときかされました。


それから二十年以上の月日が流れ、結婚《けっこん》して地元にもどってきたSちゃんが、近所のスーパーでベビーカーを押《お》しながら買い物をしていると、

「Sちゃん」

とよびかける声がしました。

ふりかえると、なんとなく見覚えのある女の人が、ベビーカーを手に立っています。

だれだったかな、と思っていると、

「わたしよ。M《エム》。おぼえてる？」

女の人——Mちゃんは、そういってほほえみました。

S《エス》ちゃんがびっくりして、

「ひさしぶりね。こっちにもどってきたの？」

ときくと、Mちゃんはそれにはこたえずに、Sちゃんのベビーカーをのぞきこみました。

「かわいいわね。うちは、なかなか大きくならなくて……」

そういわれて、なにげなくMちゃんのベビーカーをのぞいたSちゃんは、目をうたがいました。

ベビーカーのシートで、あの人形が目をとじてねむっていたのです。

Sちゃんがこおりついていると、人形はパチッと目を開いて、Sちゃんににっこり笑いかけました。

「まってたよ、おねえちゃん……」

S《エス》ちゃんはM《エム》ちゃんに背《せ》をむけると、ベビーカーを押《お》してにげだしました。

スーパーからはなれて、息をきらしながら自分のベビーカーに目をやったSちゃんは、また悲鳴をあげました。

そこには、生後十か月のあなたではなく、人形が乗っていたのです。

「これからは、ずっと一緒《いっしょ》だよ、おねえちゃん」

Sちゃん――あなたのお母さんは、いそいでスーパーにもどると、Mちゃんのベビーカーからあなたをとりもどしました。

Mちゃんは悪びれた様子もなく、にやにやしながら、ベビーカーの人形に話しかけています。

「ごめんね。失敗しちゃった」

「いいよ。いこう、おねえちゃん」

ぼうぜんとするS《エス》ちゃんとあなたをのこして、M《エム》ちゃんはベビーカーを押《お》しながら去っていきました。

了

一話目を読みおえたわたしは、まよった末に、お母さんに電話をかけた。

そして、昔、わたしが人形と入れかえられたことがなかったかとたずねると、

「どうして知ってるの？」

お母さんは、おどろきの声をあげた。

「もしかして、おばあちゃんにきいた？」

「うん。まあ……」

「あなたには、だまっておいてっていったのに……」

ため息をつくお母さんに、わたしはてきとうにごまかして、電話をきった。

どうやら、この本にのっている話は、本当にわたしの身に起こったことのようだ。

ふつうなら信じられないかもしれないけど、わたしはすんなりと信じることができた。

それは、わたしが作家だからというわけではなく、昔、本に関係した、とても不思議な体験をしているからだ。

その体験のおかげで、わたしは怪談《かいだん》が本当に存在《そんざい》することを知っていた。

わたしはコーヒーを入れると、深呼吸《しんこきゅう》をしてからつづきを読みだした。

通り道

あなたがまだ幼稚園《ようちえん》に入る前の話。

あなたは両親と一緒《いっしょ》に、山奥《やまおく》にある温泉地《おんせんち》に一泊《ぱく》旅行にでかけました。

ところが、旅館に到着《とうちゃく》すると、連絡《れんらく》の手ちがいで予約がとれていないことがわかったのです。

いまからほかの旅館をさがそうにも、観光シーズンなので、部屋があるかどうかわかりません。

あなたたちがこまっていると、見かねた女将《おかみ》さんが、

「本当は、この時期はつかっていないのですが……」

といいながら、はなれにある部屋を案内してくれました。

はなれといっても、最近建てられたばかりの、すごくきれいな建物です。

「どうしてつかってないのかな」

部屋に通されて、お父さんは不思議そうに首をひねりました。

だけど、とにかくきれいな部屋に泊《と》まれたのですから、文句《もんく》はありません。

観光でつかれていたあなたたちは、食事をとり、温泉《おんせん》に入って、いつもよりも早い時間にねむりにつきました。

ところが、真夜中になって、お母さんが人の声にふと目をさますと、あなたが目をぱっちりとあけて、なにかぶつぶつとつぶやいています。

「どうしたの？」

お母さんがたずねると、

「数えてるの」

あなたはそういって、またぶつぶつとつぶやきました。

「数えてるって、なにを？」

「お母さんは見えないの？　ほら——」

部屋の中を、白い着物を着た人たちが、つぎつぎと通っているじゃないか——あなたは、まるで大人の男性《だんせい》のような、のぶとい声でいいました。

それをきいて、お母さんはゾッとしました。

あなたが大人のような声をだしたことも怖《こわ》かったけど、それよりも、まだおさなくて百以上数えられなかったはずのあなたが、何百という数をすらすらと数えていることに恐怖《きょうふ》を感じたのです。

あなたのお母さんはお父さんを起こすと、旅館に相談して、部屋をかえてもらいました。

さいわい、チェックインしたあとにキャンセルがでたらしく、本館の部屋にかえてもらうことができましたが、相談しにいったときに、女将《おかみ》さんがボソッとつぶやいた、

「やっぱりでましたか」

という台詞《せりふ》が怖くて、お母さんはまたゾッとしたそうです。


翌日《よくじつ》。

近くのみやげもの屋で、お店の人に昨夜のできごとを話すと、

「ああ、やっぱり」

女将《おかみ》さんと、同じことをいいます。

よくよく話をきいてみると、あの旅館の近くには大きな墓地《ぼち》があって、旅館の敷地《しきち》の一部が霊《れい》の通り道――霊道になっているというのです。

元々《もともと》、霊道になっているところは庭にしていたのですが、最近お客さんがふえて、手ぜまになってきたので、やむなく霊道の上にはなれを建てたということでした。

「だから、この時期はつかってなかったのか」

お父さんが、納得《なっとく》したようにつぶやきました。

あなたが幼稚園《ようちえん》に入る前の、お盆《ぼん》のことでした。

了

見知らぬ女の子

これは、あなたが五歳《さい》のときの話です。

その日は幼稚園《ようちえん》の遠足があって、あなたたちは少しはなれたところにある大きな公園まで、バスでいきました。

ミニ動物園や大きな遊具で、たくさん遊んだ帰り道。

園児たちはバスにゆられて、うとうとしています。

そんな中、あなたは一番うしろの席にひとりで座《すわ》っている、おかっぱ頭の女の子のことが、さっきから気になっていました。

年長組のクラスはふたつしかないはずなのに、その女の子に見覚えがなかったのです。

もしかして、最近転園してきたのかな——そう思ったあなたは、身を乗りだして、手をふりました。

気づいた女の子が、にっこり笑って手をふりかえします。

本当は、とちゅうで席を立ってはいけないのですが、あなたは先生の目をぬすんで、その子のとなりに移動《いどう》しました。

「あなた、名前は？」

「わたしはね——」

あなたは、その女の子としばらくおしゃべりをしていましたが、やっぱりつかれていたのか、いつの間にかねむってしまいました。

次に目がさめたときには、もうバスは幼稚園《ようちえん》についていました。

先生に起こされて、目をこすりながらバスをおります。

「それじゃあ、みんな、バスの運転手さんにお礼をいいましょうね」

みんなが「ありがとうございました」というと、運転手さんも手をふって、バスは走り去っていきました。

バスを見送っていたあなたは、

「あっ！」

と声をあげました。

バスのうしろの窓《まど》から、さっきの女の子が手をふっているのが見えたのです。

あなたはあわてて先生にいいました。

「まだ乗ってる子がいるよ」

「え?」

先生はびっくりして、すぐに人数を確認《かくにん》しましたが、全員そろっています。

「だいじょうぶ。みんないるわよ」

「でも……」

あなたは、さっきの女の子の名前をいおうとして、首をかしげました。

さっき自己紹介《じこしょうかい》したばかりなのに、女の子の名前が思いだせないのです。

結局、わけがわからないまま、あなたはむかえにきてくれたお母さんと一緒《いっしょ》に家に帰りました。

会社にもどったバスの運転手が、わすれ物はないかと確認《かくにん》していると、
車内のどこかで、女の子の声がしたような気がしました。

「ねえ……」

運転手はまっ青になりました。

子どもをおろしわすれたりしたら、大問題です。

運転手はバスの中を徹底的《てっていてき》にさがしました。

だけど、座席《ざせき》はもちろん、シートの裏《うら》やいすの下までさがしましたが、子どもの姿《すがた》はどこにもありません。

事務所《じむしょ》にもどって、上司に報告《ほうこく》すると、

「たしか、今日のいき先はK《ケー》公園だったな？」

上司は、遠足先の公園の名前を口にしました。

「そうですけど……」

「だったら、気にするな」

上司の話によると、いまから十年ほど前、別の幼稚園《ようちえん》がその公園に遠足にいったとき、遊具から落ちた女の子が、頭を強く打って亡《な》くなるという事故《じこ》があったそうです。

それ以来、幼稚園の遠足であの公園にいくと、帰りに一緒《いっしょ》についてきてしまうことがあるということでした。

了

これはなんとなくおぼえている。

たしか、家に帰ってからも、どうしても名前が思いだせなくて、しばらくの間、幼稚園にいくたびにあの女の子をさがしていたのだ。

まさか、そんな話があったなんて……。

そういえば、この本には、自分では怪談《かいだん》だと思っていなかった話ものっていることがあると、水木《みずき》さんもいっていた。

わたしはコーヒーをひとくち飲むと、次のページをめくった。

壁《かべ》のしみ

あなたが小学三年生のときの話。
クラスである噂《うわさ》がひろまった。
それは、体育館の裏《うら》の壁に、顔の形をしたしみがうきでているというものだ。
ある日の放課後。
教室で友だちとしゃべっているうちに、そのしみを見にいこうとだれかがいいだした。

「えー、やめとこうよ。どうせうそだって」

「そんなこといって、怖《こわ》いんだろ」

「別に、おれはいいけど……」

「わたし、いきたい！」

そんな感じで、結局みんなで見にいくことになった。

壁《かべ》の前に立って見上げると、たしかに二階の窓《まど》くらいの高さのところに、顔っぽいしみが見える。

あなたは、それが顔に見えるかどうかよりも、どうしてあんなところにしみがついたのか、ということのほうが不思議だった。

「あれが目だろ。それで、あれが口で……」

「そうかなあ……やっぱり、ただのしみじゃない？」

しばらくさわいでいたけど、すぐにみんなあきてしまった。

「もう帰ろうよ」

だれかがいったのをきっかけに、あなたたちは壁《かべ》に背《せ》をむけて歩きだした。

すると、壁のしみの目のところが動いて、あなたたちのうしろ姿《すがた》をじろりとにらんだ。

了

校内放送

同じころ、西校舎《こうしゃ》の三階にあるあき教室で、おかしな放送が流れるという噂《うわさ》もあった。

あなたの通っていた小学校では、下校時刻《じこく》の十五分前になると、

「みなさん、下校時刻十五分前です。帰る準備《じゅんび》をして、すみやかに下校しましょう――」

という放送が流れるのだが、その教室ではお経《きょう》のような気もちの悪い声が流れるというのだ。

壁《かべ》のしみを見にいった数日後、またこだれかがいいだして、みんなで見にいくことになった。

かぎのこわれた窓《まど》からしのびこんで、放送が流れるのをまつ。

すると、プッ……プッ……という音につづいて、

「みな……こうぅ……まあぁぁぁ……」

と、奇妙《きみょう》な声が流れてきた。

だけど、それは幽霊《ゆうれい》の声というより、スピーカーの調子が悪くて、とぎれとぎれの声がこもっているだけのようだった。

つかっていない教室なので、スピーカーがこわれても、修理《しゅうり》しないのだろう。

あなたたちが拍子《ひょうし》ぬけして、教室からでていくと、それを追いかけるように、スピーカーからかすかに男の声が流れてきた。

「またおいで」　了

そこまで読んだところで、わたしはページをめくる手を止めた。

二つとも、なんとなく覚えている。

壁《かべ》の目が動いたことは知らなかったけど、スピーカーから奇妙《きみょう》な声がきこえてきたことは、かすかに記憶《きおく》にあった。

つまり、この本はやっぱりわたしの体験を正確《せいかく》に記録しているのだ。

このまま読んでいけば、六年生のときに体験した、こっくりさんにまつわるあのできごとがのっているだろう。

わたしはそれが怖《こわ》かった。

だけど、ここで読むのをやめてしまったら、本の秘密《ひみつ》がわからないし……。

わたしが本を前にしてまよっていると、清人《きよと》くんから電話がかかってきた。

「さっき、さとみちゃんから連絡《れんらく》があってね……」

ようやくおちついた美緒《みお》ちゃんから、さとみちゃんが話をきいてくれたらしい。

美緒ちゃんの話によると、本の内容《ないよう》が現実《げんじつ》に追いついたので、怖《こわ》くなって本を読まないようにしていたら、本のほうから追いかけてきたということだった。

わたしは机《つくえ》の上の本に目をやった。

「もう読み始めてる?」

心配そうにきく清人くんに、わたしはいま三年生のときの話を読んだところだとこたえた。

「体育館の壁のしみとか、あき教室のスピーカーの声の話がのってたよ」

わたしの言葉に、清人くんが息をのむ気配がする。

「それじゃあ、やっぱりその本は……」

わたしはうなずいた。

「ふつうの本じゃないと思う」

わたしが気になったのは、〈ひとかけ屋〉の人が話していた、欠けている代わりについているという物語のことだった。

やっぱり、本の中身とは別に、本そのものになにか物語があるんじゃないだろうか――

わたしがそういうと、

「わかった。ぼくも、その〈ひとかけ屋〉っていう店のことをしらべてみるよ。大学にある民俗学《みんぞくがく》関係のデータベースに、なにかのってるかもしれない」

清人《きよと》くんが真剣《しんけん》な口調でいった。

「なにかわかったら、すぐに知らせるから」

「ありがとう」

電話をきると、わたしは本を前にしてまよった。

美緒《みお》ちゃんは本を読みつづけて危険《きけん》な目にあったけど、わたしは美緒ちゃんよりも、十歳《さい》近く年上だ。

つまり、このまま読みつづけても、本の内容《ないよう》が現実《げんじつ》に追いつくまでは、時間がかかるはずだった。

もう少しぐらいならいいだろう——そう考えたわたしは、とりあえず、六年生のときのできごとがのっていそうなあたりをいっきにとばしてページをめくった。

すると、中学生のときの話が始まった。

窓《まど》

あなたが中学一年生のときのこと。

教室で数学の授業《じゅぎょう》をうけていると、とつぜん、バ————ンッ！　というはげしい衝突《しょうとつ》音がきこえてきた。

生徒たちが、いっせいに立ち上がる。

なにごとかと思っていると、窓際《まどぎわ》の生徒のひとりが、

「事故《じこ》だっ！」

窓《まど》の外を指さしながら、大声をあげた。

先生がかけつけて、窓から身を乗りだすと、

「みんな、ちょっと自習していなさい」

そういって、あわてた様子で教室からとびだしていった。

もちろん、自習などするはずがなく、生徒たちは窓にむらがった。

あなたの教室は、ちょうど学校の正門にめんしていて、その正門の前の道で、車同士がはげしく衝突《しょうとつ》しているのが見えた。

片方《かたほう》の車から、年配の男性《だんせい》がふらふらとでてきて、その場にたおれこむ。

その様子を、クラスのほとんどの生徒たちが、窓にはりついて見下ろしていた。

窓からはなれた席に座《すわ》っていたあなたは、みんなの一歩うしろから、のぞきこむようにして見ていたけど、あることに気づいてこおりついた。

窓のそばで、事故現場《じこげんば》を見下ろしているクラスメイトの中に、大人の男の人がまじっていたのだ。

その人は教室の前のほうにいて、あなたはうしろにいたから、横顔しか見えなかったけど、先生じゃないのはまちがいない。

すごくあせった様子で、なにかぶつぶつとつぶやいている。

あなたがきき耳をたてながら、すいこまれるように近づくと、男の人が「早く早く……」とつぶやいているのがきこえた。

「早く……おれを早く助けてくれ」

え？　とあなたが思った瞬間《しゅんかん》、男の人はこちらに顔をむけた。

その姿《すがた》を見て、あなたはのどの奥《おく》で悲鳴をあげた。

男の人は、頭の右半分が完全につぶれて、まっ赤な血を大量に流していたのだ。

あなたが動けずにいると、男の人は悲しそうな顔で、スーッと姿を消した。

後日、新聞を見ると、男の人の顔写真がのっていた。

もう一台の車の運転手で、救急車が到着《とうちゃく》したときには、すでに亡《な》くなっていたということだった。

タケルさま

「いまからみんなで〈タケルさま〉をやるんだけど、一緒《いっしょ》にやらない？」

中学二年生の秋のこと。

あなたが教室で帰りじたくをしていると、同じクラスの久美《くみ》が声をかけてきた。

〈タケルさま〉というのは、昔学校で亡《な》くなった男の子の霊《れい》で、よびだして質問《しつもん》すると、なんでも教えてくれるらしい。

やり方は、まず紙に〈はい〉と〈いいえ〉と星印、それから五十音と0から9の数字を書いて、星印に百円玉を置く。そして、何人かで紙をかこんで、

「タケルさま、タケルさま。どうか教えてください。教えてくれたら、この百円玉をさしあげます」

といいながら、百円玉の上に人さし指をそろえると、百円玉が〈はい〉の方向に動くというのだ。

ようするに、名前をかえたこっくりさんだった。

「こっくりさんは、やめたほうがいいよ」

あなたが忠告《ちゅうこく》すると、

「こっくりさんじゃないよ。〈タケルさま〉」

久美《くみ》は口をとがらせた。

「同じだって。結局は降霊術《こうれいじゅつ》でしょ」

小学生のときに、こっくりさんで怖《こわ》い思いをしたあなたにとって、こっくりさんでも

〈タケルさま〉でも、危険《きけん》なのは同じだった。

だけど、久美《くみ》は肩《かた》をすくめて、

「怖《こわ》がりだなあ。じゃあ、いいよ。わたしたちだけでやるから」

そういうと、みんなのもとへと走り去っていった。

あなたは怖かったけど、心配だったので、教室のはなれたところから見ていることにした。

〈タケルさま〉に参加するのは、久美を入れて四人。

そのまわりに、何人か、見物の生徒たちがあつまっている。

それ以外にも、〈タケルさま〉とは関係なく、教室にのこっている生徒が何人かいたんだけど、その中に、教室のすみから久美たちをじっと見つめている男の子がいた。

今日は天気が悪くて、窓《まど》の外は早くも暗くなり始めている。

雰囲気《ふんいき》をだすために、教室の半分しか電気をつけていないので、男の子の顔はよく見えなかった。

「タケルさま、タケルさま、どうか教えてください……」

〈タケルさま〉が始まった。

あなたはチラッと男の子のほうに目をやった。

男の子は、まったく動かずに、じっと久美《くみ》たちのほうに目をむけている。

その様子に、あなたはゾッとした。

去年、正門前で事故《じこ》があったときに、窓《まど》から外をのぞいていた男の人のことを思いだしたのだ。

もしかしたら、あの男の子も生きてる人じゃないのかも……あなたがそう思ったとき、

「え?」

久美がちょっとおどろいたような声をあげた。

あなたが近づいて紙をのぞきこむと、百円玉が〈はい〉の上で止まっている。

なんだか、自分の心の中の疑問《ぎもん》に返事をされたみたいだな、とあなたが思っていると、
百円玉はまたするすると動きだした。

指を置いている久美《くみ》たちの顔に、とまどいの表情《ひょうじょう》がうかぶ。

久美たちはなんの質問《しつもん》もしていないのに、百円玉が勝手に動きだしたのだ。

あなたが見守る中、百円玉は、五十音表の上を順番に動いた。


『そ・う・だ・よ』


あなたはビクッとした。

まるで、あなたが思いうかべた疑問《ぎもん》にこたえるように、百円玉が動いている。

いっぽう、久美たちも軽いパニックを起こしていた。

自分たちはなにもいわないのに、タケルさまが意味のある言葉をかえしてきたのだ。

四人のうちのだれかが、いたずらで指を動かしたとしても、質問する前から動かしたらいたずらの意味がない。

あなたは、ハッとしてさっきの男の子に目をむけた。

男の子は、あなたと目があうと、にやりと笑った。

もしかして――なにも考えないようにしようと思っても、心に自然と疑問《ぎもん》がうかんでしまう。

百円玉がまた動いた。


『ぼ・く・が・た・け・る』


久美《くみ》たちの口から悲鳴があがる。

とちゅうでやめようにも、指が百円玉からはなれないようだ。

(もうやめて)

あなたは男の子をじっと見つめながら、心の中でうったえた。

すると、男の子はゆっくりと腕《うで》をあげて、久美たちのほうを指さした。

百円玉が返事をする。

『や・め・な・い』

（ごめんなさい。久美《くみ》たちも、悪気はなかったの。ゆるしてあげて）

『ゆ・る・さ・な・い』


――わたしは物語からにげるように本をとじた。

このあとのことは、よくおぼえている。

結局、十分ぐらいしたところで先生が教室に入ってきて、それがきっかけで、〈タケルさま〉を終わらせることができたのだ。

あとで先生にきいてみると、何年か前、たけるという名前の生徒があやまって窓《まど》から落ちて亡《な》くなるという事故《じこ》があったらしい。

その窓《まど》があったのが、ちょうどあの教室だったのだ。

窓の外は、いつのまにかずいぶん暗くなっていた。

わたしは本を引きだしにしまうと、夕飯の準備《じゅんび》をするために立ち上がった。


その日の夜。

ベッドでねていたわたしは、部屋の中に人の気配を感じて目をさました。

そういえば、美緒《みお》ちゃんは夜中に目をさまして、自分が勉強机《べんきょうづくえ》にむかっているのを目撃《もくげき》したらしい。

わたしはベッドからおりると、おそるおそる机を見にいった。

だけど、仕事用のいすには——あたりまえだけど——だれも座《すわ》っていなかった。

(気にしすぎかな……)

苦笑いをうかべながらベッドにもどろうとしたわたしは、ハッとして足を止めた。

ベッドの上に、わたしがねていたのだ。

わたしがベッドのそばでこおりついていると、目をとじていたわたしが、パッと目を開いて、わたしにおそいかかってきた。

「きゃあっ！」

悲鳴をあげて、床《ゆか》の上にひっくりかえったわたしは、そのまま意識《いしき》が遠くなっていった――。


次の日は、朝から大学にでかけた。

四年生なので、授業《じゅぎょう》はほとんどないんだけど、図書館で次の作品のためのしらべ物をしたかったのだ。

今朝、目をさますとわたしは床の上にねていた。

夢《ゆめ》を見て、ベッドから落ちたのかな、とも思ったけど、たぶんあれは夢じゃない。

昨夜、たしかに引きだしに入れたはずの『あなたの本』が、いつのまにかベッドの上に置いてあったのだから。

やっぱり、なんとかして本の秘密《ひみつ》をしらべないと……。

目的の本はすぐに見つかって、貸《か》し出し手つづきをすると、わたしは図書館をでた。

道の途中《とちゅう》でふと立ちどまって、あたりを見まわす。

なんだか、だれかに見られているような気がしたのだ。

すると、少しはなれたところにある学食の建物のかげから、和服姿《わふくすがた》の知らない男の人が、半分だけ体をのぞかせて、こちらを見ていることに気がついた。

男の人は、わたしが視線《しせん》をむけると、すっと建物のうしろにかくれた。

大学のキャンパスにはいろいろな人がいるけど、和服はめずらしいな、と思いながら歩いていると、清人《きよと》くんからメールがとどいた。

〈ひとかけ屋〉の場所が、わかるかもしれないらしい。

わかったら教えてほしいと返信して、わたしは木かげにあるベンチに座《すわ》った。

また視線を感じて、パッとふりかえる。

さっきの人が、今度は大きな木のかげからこちらを見つめて、すぐに姿《すがた》を消した。

気もち悪いな、と思いながら図書館で借りた本をカバンからとりだしたわたしは、

「きゃっ」

と短い悲鳴をあげて、思わず本を放りだした。

都市伝説にかんする本を借りたはずだったのに、カバンに入っていたのは、『あなたの本』だったのだ。

わたしは、芝生《しばふ》の上に落ちた本をじっと見つめた。

まだ心臓《しんぞう》がどきどきしている。

美緒《みお》ちゃんの話していたとおり、やっぱりこの本からは、のがれられないのかもしれない。

とりあえず、まだ本の中身が現実《げんじつ》に追いつくことはないだろう——わたしは深呼吸《しんこきゅう》をして気もちをおちつかせると、本をひろいあげて、そっと開いた。

視《し》線《せん》

高校生のころ、あなたは何者かの視線になやまされていた。


一行目を読んだだけで、背筋《せすじ》につめたいものがはしって、わたしはシャツの上から腕《うで》をギュッとつかんだ。

おそらく、この先に書かれている話は、わたしにとっては思いだしたくないできごとだ。だけど、読まないと本の秘密《ひみつ》がわからないかもしれない。

それに、いまは昼間で、まわりにはたくさんの学生たちが歩いている。

家に帰ってひとりで読むよりはましだろうと思い、わたしは大きく息をすいこむと、つづきを読み始めた。

きっかけは、休みの日にひとりでふらりとでかけたバス旅行だった。

旅行といっても、いき先はバスで一時間程度《ていど》のところにある森林公園だ。

そこは森林浴ができたり、アスレチックがあったりして、休日になると多くの人がおとずれていた。

いってみると、すごく空気がおいしくて、高校に入ってから勉強と小説でいそがしい日々《ひび》を送っていたあなたは、ひさしぶりにのんびりとした気分で森の中を散策《さんさく》していた。

やがて、帰りのバスの時間が近づいて、あなたは展望台《てんぼうだい》から公園全体にカメラをむけた。

遠くに長いつり橋が見える。

それは、高さが日本で何番目かという有名なつり橋で、あなたもわたったけど、足の下を流れる川がすごく小さく見えた。

うすい雲が空にかかって、やわらかな陽ざしがふりそそいでいる。

あなたがカメラのシャッターを押《お》したとき、

「あっ！」

あなたは思わず声をあげた。

同時に、つり橋のほうからも、

「きゃ――っ！」

という悲鳴がかすかにきこえる。

橋の手すりをのりこえるようにして、だれかがつり橋からとびおりたのだ。

「だれか落ちたぞ！」

遠くの怒声《どせい》をききながら、あなたはカメラをかまえたまま、ぶるぶるとふるえていた。


家に帰って、公園で撮《と》った写真を整理していたあなたは、ある一枚《まい》の写真を目にして、まっ青になった。

それは、つり橋から人が落ちるところをとらえた写真だった。

あのあと、あなたはにげるように家に帰ったので、落ちた人がどうなったのか、事故《じこ》なのか自殺なのか、くわしい事情《じじょう》はなにも知らなかった。

ただ、あの高さから落ちたら助からないだろう、ということだけはわかった。

カメラの操作《そうさ》になれていないあなたは、ぐうぜん、連射《れんしゃ》モードでその瞬間《しゅんかん》をとらえていた。

連射モードというのは、一秒間に何枚《まい》も写真をとる機能《きのう》のことで、ふつうはすばやい動きをとらえるためにつかう。

空や森を撮影《さつえい》するときは、あまりつかわないのだが、あなたはぐうぜん、なにかの拍子《ひょうし》にスイッチを入れてしまっていたらしい。

カメラはちょうど、男の人が落ちる瞬間から、橋の下に消えるまでを連続してうつしていた。

頭を下にして、橋からまっさかさまに落ちていく男は、こちらに背中《せなか》をむけているので、顔はまったくわからない。

見たくなかったけど、どうしても目がはなせなくて、一枚《まい》ずつ見ていったあなたは、六枚目で悲鳴をあげた。

ずっとこちらに後頭部をむけていた男の顔が、その一枚だけ、こちらをむいて、カメラをまっすぐにらんでいたのだ。

まるで、とびおりるところにカメラをむけたあなたを非難《ひなん》するように……。

あなたは怖《こわ》くなって、その一連の写真をすべてカメラから消した。

その日から、あなたはつねに、だれかに見られているような気がするようになった。

学校にいく途中《とちゅう》も、うしろからの視線《しせん》を感じて、何度もふりかえってしまう。

授業中《じゅぎょう》も、うしろからだれかが自分を見ているような気がして、ふりかえりたくなる。

それはおさまるどころか、日に日にひどくなっていった。

たとえば、こんなことがあった。

図書室で本を手にとって、本だなからぬきだす。

すると、本だなのむこうから、あの写真の男がこちらをじっと見ているのだ。

思わず悲鳴をあげてうずくまると、司書の先生がやってきて、どうしたのかとたずねた。

あなたがいま見たものを正直に話すと、

「そんなはずないでしょ」

司書の先生はそういった。

「だって、この本だなのむこうは、壁《かべ》なんだから」

別の日には、玄関《げんかん》ホールにかざられている肖像画《しょうぞうが》の目が、自分をずっと追いかけてくるような気がして、ホールを通りぬけることができなくなった。

そして、ある日。

友だちと一緒《いっしょ》に帰っていたあなたは、道の途中《とちゅう》で、いつもよりも強い視線《しせん》を感じてふりかえった。

すると、あの男の人が歩道橋の上から、こちらをじっと見つめながら落ちていくところだった。

あなたがしゃがみこんで悲鳴をあげると、男の人は地面に激突《げきとつ》する直前に、スッと姿《すがた》を消した。

一緒《いっしょ》にいた友だちが心配して事情《じじょう》をきいてくれたので、あなたは旅行にいってからいままでのことを全部うちあけた。

すると、友だちは、

「それはおはらいしたほうがいいんじゃない?」

といって、おはらいしてくれるお寺を見つけてきてくれた。

あなたは友だちと一緒《いっしょ》に、カメラをもってお寺にむかった。

そこでおはらいをうけて、あなたはようやく、視線《しせん》を感じることがなくなった。


それから数年がすぎ、大学四年生になったあなたは、また視線を感じるようになった。

その視線《しせん》のぬしは――

わたしはあわてて本をとじた。

まさか、一足とびに現実《げんじつ》に追いついてくるとは思わなかった。

ふりかえると、あの和服の男の人が、さっきよりも近くからわたしをじっと見つめている。

怖《こわ》くなったわたしは、本をカバンにしまって立ち上がった。

そこにちょうど、清人《きよと》くんから電話がかかってきた。

〈ひとかけ屋〉の場所がわかったらしい。

いまこっちにむかっているというので、わたしたちは大学の前でまちあわせることにした。

あの和服の男の人を警戒《けいかい》しながら、門の前でまっていると、しばらくして清人くんが到《とう》着《ちゃく》した。

わたしが助手席に乗りこむと、清人《きよと》くんはアクセルをふみこみながら、

「研究室の古いデータベースをしらべたら、〈ひとかけ屋〉の資料《しりょう》が見つかったんだ」

といった。

ある地方の言い伝えを記録した中にのこっていたらしい。

「これ、プリントアウトしてきたから」

そういって、清人くんは運転しながら、わたしに紙の束をわたしてきた。

わたしは物語を読み始めた。

欠けているもの

昭和《しょうわ》のはじめごろの話。

ある裕福《ゆうふく》な商家に、小説家をめざすひとりの男がいた。

彼《かれ》は商家の次男で、跡《あと》をつがないのをいいことに、自分の好きな道に進もうとしていたのだが、いくら書いてもなかなか結果がでなかった。

そして、どうやら自分には作家になる才能《さいのう》が欠けているのではないか、と思うようになった。


「才能なんて……」

はじめの部分を読んで、わたしは思わずつぶやいた。

作家になるために必要なのは、才能ではない。

作家になるまで、あきらめずに書き続けることだ。

清人《きよと》くんは、わたしがどこを読んでいるのか、なんとなくわかったのだろう。

複雑《ふくざつ》な表情《ひょうじょう》をうかべるわたしの顔をチラッと見て、またすぐに運転に集中した。

わたしは気をとりなおして、つづきを読み始めた。


作家をあきらめた彼《かれ》が始めたのが、〈ひとかけ屋〉だった。

なにかが欠けているものを売り買いするのだ。

生家が裕福《ゆうふく》で、生活にはこまらなかったため、道楽のようなものだったが、これがそれなりにはんじょうした。

もち主にとってはいらないものだから、仕入れはただに近いし、おもしろがって買っていく人がいれば、それがそのままもうけになる。

それでも、作家になることをあきらめきれなかった彼は、古い文献《ぶんけん》にのっていた呪法《じゅほう》を実行して、小説を書く才能《さいのう》が得られるなら、なんでもさしだしますと願った。

そんなある日、ハンチング帽《ぼう》を目深にかぶった小柄《こがら》な男が店をおとずれた。

「〈ひとかけ屋〉ですか。おもしろい店ですね」

男は店の中を見まわすと、彼《かれ》に語りかけた。

「よかったら、あなたに欠けているものを、わたしが用意いたしましょうか？」

「ぼくに欠けているもの？」

彼がいぶかしげに眉《まゆ》をひそめると、

「才能《さいのう》ですよ」

男はささやくようにいった。

「小説家の才能です」

彼は笑いだした。

「それはおもしろい。そんなものが用意できるのなら、ぜひ売ってもらいたいものです」

「残念ながら、才能はお金で売り買いできるものではありません。どうしてもとおっしゃるなら、あなたが大切にしているものと交換《こうかん》しましょう」

「ええ、かまいませんよ。もし本当に才能をいただけるのなら、金《きん》でできた仏像《ぶつぞう》でも、高《こう》価《か》なかけ軸《じく》でも、好きなものをおもちください」

「そうですか。それでは……」

ハンチング帽《ぼう》の男は、彼《かれ》の前に両手をつきだした。

そして、目の前で、

パチンッ！


と手をたたくと、彼はいつのまにか書斎《しょさい》の文机《ふづくえ》の前に座《すわ》っていた。

ためしに万年筆を手にして原稿《げんこう》用紙にむかうと、おもしろいように文章が生まれていく。

「これはすごい。本当に才能《さいのう》が手に入ったぞ」

よろこんでいた彼は、次に不安になった。

「さっきの男は、ぼくが大切にしているものと交換《こうかん》するといっていたな。さて、なにと交換すればいいのだろうか……」

彼が考えていると、店の表から、彼をよぶ声がした。

「たいへんだ！　奥《おく》さんが……」

彼《かれ》がとびだすと、近所の人が、彼の妻《つま》がとつぜん橋から川に落ちたとつげた。

結局、彼の妻はたすからなかった。

通夜の夜、妻を前にして、彼がぼうぜんとしていると、ハンチング帽《ぼう》の男がまたあらわれて、ニヤリと笑った。

「お約束通り、大切なものをいただきましたよ」

彼は男につかみかかったが、男がすばやくよけたため、彼の手には男のハンチング帽だけがのこった。

こちらをむいたまま遠ざかっていく男の頭には、二本の短い角が生えていたということだ。


「物語は、そこで終わっているんだ」

わたしが読み終えたのをみはからって、清人《きよと》くんが口を開いた。

車は山道に入り、まわりからはどんどん建物がなくなっていく。

「たぶん、その帽子《ぼうし》の男は、悪魔《あくま》か鬼《おに》か、とにかく人を不幸にさせる存在《そんざい》だったんだろう。その後、〈ひとかけ屋〉の店主がどうなったのか、しらべてみたんだけど、どうやら奥《おく》さんのお葬式《そうしき》をすませてしばらくすると、どこかに消えてしまったらしい」

あとには、なにかが欠けている店の商品と、一冊《さつ》の本がのこされていた。

「それが『あなたの本』らしいんだ」

わたしは本の入ったカバンをもつ手に力をこめた。

小説を書く才能《さいのう》と引きかえに、最愛の妻《つま》を失った男は、その才能をつかって、人の手から手へとわたり歩くおそろしい本を書き上げたのだ。

「ここからは、ぼくの推測《すいそく》なんだけど……」

赤信号にブレーキをふみながら、清人くんはいった。

「おそらく、主人公が欠けているその本は、自分にふさわしい主人公をさがすために、人から人へとわたり歩いているんだと思う」

「でも、ふさわしいかどうかは、どうやってきめるの？」

「たぶん、その人の経験《けいけん》してきた怪談《かいだん》できまるんじゃないかな」

清人《きよと》くんは少し自信なさそうに首をひねった。

「記録によると、〈ひとかけ屋〉の店主だった男は、怪談が好きで、自分でも怪談作家をめざしていたみたいなんだ」

清人くんの推理《すいり》によると、本は、自分を手にした人が体験してきた怪談を記録することで、その人が主人公にふさわしいかどうか判断《はんだん》してるんじゃないかということだった。

「もしかしたら、その人がふさわしくなかった場合、その人から生命力のようなものをすいとって、またほかの人をさがすエネルギーにしているのかもしれない」

どうやら、記録によると、本を手にした人が亡《な》くなった状態《じょうたい》で発見されたことが、過去《かこ》に何度かあったらしい。

美緒《みお》ちゃんは、すいとられる直前に本を手放したから、助かったのだろう。

だとしたら、わたしは……。

わたしが考えていることがわかったのか、清人くんはこちらを安心させるようにほほえ

んで、

「だいじょうぶ。いざとなったら、ぼくが本をひきつぐから」

といった。

「だめだよ」

わたしはおどろいて首をふった。

「そんなことしたら、清人《きよと》くんが……」

「でも、井上《いのうえ》はかなり読み進んでるだろ？　ぼくがもち主になれば、少しは時間がかせげると思うし……」

「でも……」

そんなやりとりをしているうちに、車は田畑にかこまれたのどかな風景の中に入っていった。

さらにほそい道をしばらく進んだところで、

「たぶん、ここだと思うんだけど……」

清人くんはそういって、一軒《けん》の家の前で車をとめた。

建物がまばらなこの集落の中でも、とくになにもないところに、その家はぽつんと建っていた。

家といっても、ほとんどそのおもかげはない。

人が住まなくなって、もう何年も――いや、数十年はたっているだろう。

家の一部はくずれ、庭は草がおいしげって、どこからが敷地《しきち》なのかもわからない。

壁《かべ》の前をトラックが通っただけで、その振動《しんどう》でぺしゃんこになりそうだ。

わたしたちは、あまり衝撃《しょうげき》をあたえないように注意しながら、家の中に入った。

くさった床《ゆか》をふみぬきながら、一番奥《おく》まで進む。

そこはまだ、奇跡《きせき》的に部屋の形をたもっていた。

どこかが欠けたガラクタがところせましとならび、古い本が天井《てんじょう》近くまでつんである。

そんな中、部屋の奥にある文机《ふづくえ》の前に、見覚えのある和服姿《わふくすがた》の背中《せなか》を見つけて、わたしは足を止めた。

「やあ、いらっしゃい」

こちらをふりかえったのは、さっき大学でわたしをずっとつけていた男の人だった。

男の人は笑《え》みをうかべて、わたしによびかけた。

「まっていたよ。これでやっと、欠けていたものがうまる」

清人《きよと》くんが、わたしをかばうように、一歩前にでた。

だけど、男の人はかまわずにこちらに近づくと、手元で一冊《さつ》の本を開いた。

え？　と思って、わたしはカバンをさぐった。

だけど、わたしが手にしていた『あなたの本』は、いつのまにか男の人の手にわたっていた。

男の人はおだやかな笑みをうかべたまま、本を読み始めた。


「――これは、あなたの本です。

この本には、主人公が欠けています。

あなたが本の一部になることで、この本は完成するのです……」

朗読《ろうどく》が進むとともに、急に視界《しかい》が暗くなったかと思うと、本の山が頭上から、わたししたち目がけてたおれこんできた。

「あぶない！」

清人《きよと》くんが、わたしをつきとばして、代わりに本の下じきになってしまう。

「清人くん！」

わたしは、本の下から清人くんを引っぱりだそうとした。

だけど、そんなわたしの頭上に、さらに本がふりそそぐように落ちてくる。

「ぼくには小説を書く才能《さいのう》があるんだよ」

男の人が、うたうような口調でいった。

「だけど、どうしてもなにかが欠けている。きみが本の一部になってくれれば、きっとうまるはずだ」

「本の一部になんてならない！」

わたしは清人くんの腕《うで》をけんめいに引っぱりながらさけんだ。

「あなたに欠けているのは、小説を書く才能でも、主人公でもない。悪魔《あくま》に魂《たましい》を売ったあなたに欠けているのは……」

「人の心ですよ」

思いがけずだれかの声がして、顔をあげてふりむくと、部屋の入り口にもうひとり、和《わ》服姿《ふくすがた》の背《せ》の高い男の人が立っていた。

その人の顔を見て、わたしはあっけにとられた。

そこに立っていたのは、十年前と去年、わたしがこっくりさんにまつわる不思議な体験をしたときにとつぜんあらわれて、とつぜん消えた人物――山岸《やまぎし》さんだったのだ。

「人じゃなくなったあなたに、人の心に訴《うった》えかけるような小説は書けませんよ」

山岸さんは、男の人にむかってするどい口調でそういうと、清人《きよと》くんを本の山から助けだした。

そして、ぼうぜんと立ちつくす男の人をのこしたまま、清人くんをかつぎあげ、わたしの手を引いて部屋をあとにした。

わたしたちが家の敷地《しきち》から一歩外にでた瞬間《しゅんかん》、背後《はいご》ではげしい地ひびきが起きた。

ふりかえると、〈ひとかけ屋〉だった建物は、柱が折れ、屋根が落ちて、あとかたもなくくずれさっていた。

地ひびきがやんで、ほこりが風にまいちると、山岸《やまぎし》さんは清人《きよと》くんを地面にそっとおろして、

「またあったね」

なんでもないような口調でいった。

それから、くずれてしまった家のざんがいを見て、

「よかったの？」

といった。

「なにがですか？」

「あの本をしらべてたんじゃなかったの？」

わたしは首をふった。

「いいんです」

なんとなくだけど、あの本は、あるべきところにかえったのだという気がした。

「そっか……」

山岸さんはわたしのほうにむきなおると、

「まだ怪談《かいだん》を書いてるんだね」

わたしの目をまっすぐに見ながらいった。

「はい」

わたしがすぐにうなずくと、

「まだこりないの？」

山岸《やまぎし》さんは、いたずらっぽくほほえんだ。

「こりません」

わたしも笑顔でこたえた。

「そう……それじゃあ、またきっとどこかであうだろうね」

そういいのこして、去っていく山岸さんのうしろ姿《すがた》を、わたしはじっと見送っていた。


意識《いしき》をとりもどした清人《きよと》くんに事情《じじょう》を説明して、念のため病院によったりしていたので、ようやくマンションにもどったときには、窓《まど》の外は暗くなり始めていた。

机《つくえ》にむかってひといきついていると、水木《みずき》さんから電話がかかってきた。

考えてみれば、水木さんの電話から、すべてがはじまったのだ。

「『あなたの本』のことが、いろいろとわかりましたよ」

と、わたしがいうと、

「『あなたの本』？　なんですか、それ」

と、水木さんはいった。

え？　と思って、ぼうぜんとしているわたしの耳に、水木さんの声がひびいた。

「新作ですか？　おもしろそうですね。いったい、どんな話なんですか？」

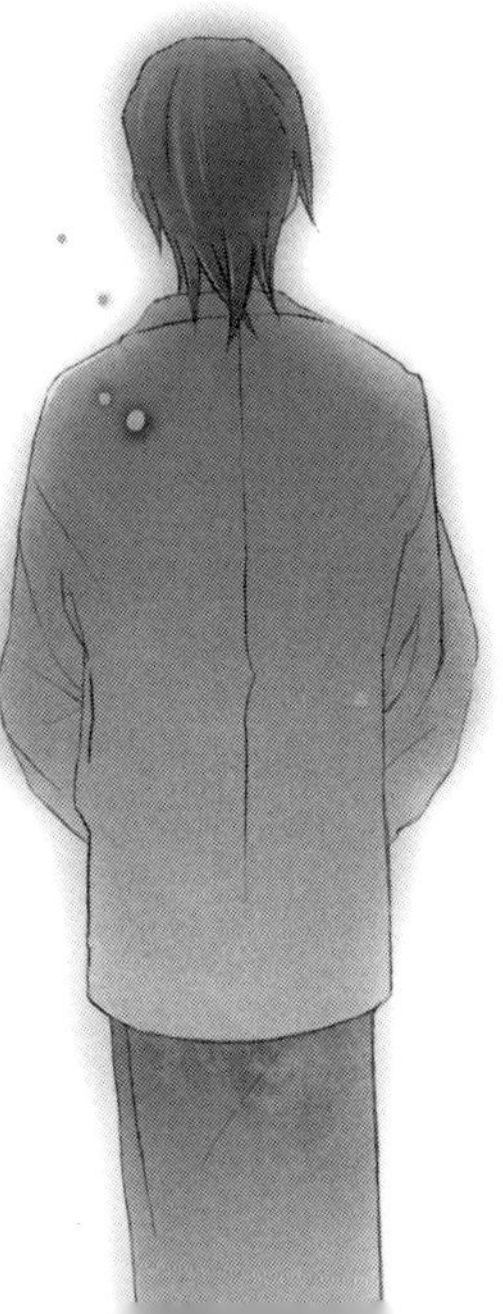

次回予告

「怪談収集家《かいだんしゅうしゅうか》　山岸良介《やまぎしりょうすけ》と人喰《ひとく》い遊園地《ゆうえんち》」

春休み。「いつも仕事を手伝ってもらっているお礼に」と、山岸《やまぎし》さんが浩介《こうすけ》たちを遊園地に招待《しょうたい》してくれた。だけど、もちろんただの遊園地じゃなくて……。

奇妙《きみょう》なピエロに怪《あや》しげな古城《こじょう》、謎《なぞ》の姉《きょう》弟《だい》まであらわれる中、浩介はみんなとともに、無事に帰ることができるのか!?

緑川聖司（みどりかわ　せいじ）
『晴れた日は図書館へいこう』で日本児童文学者協会長編児童文学新人賞佳作を受賞し、デビュー。作品に『ついてくる怪談 黒い本』などの「本の怪談」シリーズ、「怪談収集家」シリーズ、「晴れた日は図書館へいこう」シリーズ、「福まねき寺」シリーズ（以上ポプラ社）、「霊感少女」シリーズ（KADOKAWA）などがある。大阪府在住。

竹岡美穂（たけおか　みほ）
人気のフリーイラストレーター。おもな挿絵作品に「文学少女」シリーズ、「吸血鬼になったキミは永遠の愛をはじめる」シリーズ（ともにエンターブレイン）、緑川氏とのコンビでは「本の怪談」シリーズ、「怪談収集家」シリーズがある。埼玉県在住。

2018年12月　第1刷　　　2021年10月　第4刷

ポプラポケット文庫077-20

とりこまれる怪談《かいだん》　あなたの本《ほん》

作　緑川聖司
絵　竹岡美穂
発行者　千葉 均
編集　荒川 寛子
発行所　株式会社ポプラ社
〒102-8519
東京都千代田区麹町4-2-6　8·9F
ホームページ www.poplar.co.jp
印刷　中央精版印刷株式会社
製本　大和製本株式会社
Designed by 濱田悦裕

ISBN978-4-591-16077-0　N.D.C.913　222p　18cm

P8034223

みなさんとともに明るい未来を

一九七六年、ポプラ社は日本の未来ある少年少女のみなさんのしなやかな成長を希《ねが》って、「ポプラ社文庫」を刊行しました。

二十世紀から二十一世紀へ――この世紀に亘《わた》る激動の三十年間に、ポプラ社文庫は、みなさんの圧倒的な支持をいただき、発行された本は、八五一点。刊行された本は、何と四千万冊に及びました。このことはみなさんが一生懸命《いっしょうけんめい》本を読んでくださったという証左《あかし》でもあります。

しかしこの三十年間に世界はもとよりみなさんをとりまく状況も一変しました。地球温暖化による環境破壊、大地震、大津波、それに悲しい戦争もありました。多くの若いみなさんのかけがえのない生命も無惨《むざん》にうばわれました。そしていまだに続く、戦争や無差別テロ、病気や飢餓《きが》……、ほんとうに悲しいことばかりです。

でも決してあきらめてはいけないのです。誰もがさわやかに明るく生きられる社会を、世界をつくり得る、限りない知恵と勇気がみなさんにはあるのですから。

――若者が本を読まない国に未来はないと言います。

創立六十周年を迎えんとするこの年に、ポプラ社は新たに強力な執筆者《しっぴつしゃ》と志《こころざし》を同じくするすべての関係者のご支援をいただき、「ポプラポケット文庫」を創刊いたします。

二〇〇五年十月

株式会社ポプラ社